乾偉藏書

民國八十三年十二月四日

結構主義之父——李維史陀

艾德蒙・李區 著
黃道琳 譯

譯序

二十世紀不是浪漫的探險世紀，也不是人類學的黃金時代。李維史陀在『憂鬱的熱帶』開頭便說：「旅行和旅行家是我覺得厭惡的——但，我却準備在這裡記述我的探險事跡。」聽說這兩句話在法國已經成了小型的神話。敏感的讀者，也許會聯想到但丁『神曲』開頭的情景：剛步入壯年的但丁突然發現自己處身在黑暗的森林裡；往後他在煉獄所見的景象是多麼可怕，他却要冒着危險和痛苦，回來向世人報告他的閱歷。

就像陀斯妥也夫斯基的放逐生涯一樣，李維史陀在巴西內陸的田野經驗，也是影響其後日思想觀念的極重要因素。他們都脫離自己的社會，在異域裡感到苦悶、遭受羞辱，然後回頭對人性做深刻的反省。人類學家喜歡調侃李維史陀在調查工作上的失敗——不錯，但李維史陀却能失之東隅，收之桑榆。李維史陀自己承認田野調查是一件苦事，連最起碼的土著語言他都未能學會，更不用說想要在田野中與土著做深層的溝通了。因此，在空間上而言，他雖然日夕穿梭於土著之間，但在精神上、認識上，他却與土著遙遙相離。但是，從田野歸來後的李維史陀，雖然在空間上與土著疏離了，却轉而極力試圖從精神上、認識上去接近土著的奧秘心靈。

李維史陀所接觸的是一羣赤裸裸的原始人——不，是一羣在絕滅邊緣的原始人。在這種情境下，李維史陀所關心的問題，乃是最根本的問題：卽人之所以爲人，人之所以異於禽獸者，到底爲何？他提出自然與文化對立的概念，後者是人類社會的基礎。但李維史陀並不像過去的人類學家那樣，以研究表象的文化制度爲滿足，而意欲探掘文化的深層結構。功能學派的馬凌諾斯基認爲一切文化制度都是爲了滿足基本的生理需要，李維史陀則認爲文化是人類思考結構的表徵。李維史陀向語言學理論借鏡，將文化和語言做類比，甚且認爲文化及整個人類行爲就是「語言」。由此觀點而論，人類與動物的差別，端在於象徵符號的使用與否。不寧唯是，象徵符號的運作法則，就是人腦思考的運作法則。李維史陀所說的「結構」，歸根究底，是存於人腦之中的。不管我們同意與否，這種「結構」不祇是知識論上的概念，同時也是本體論上的實體。

李維史陀的研究，促使我們再度注意到原始人與現代人思考模式異同的問題。過去，凡是不能爲西方思想模式所容的成分，都被貶爲不合理、不合邏輯。沒有文字的原始人必須用有限的、現成的具體事物來傳遞複雜的訊息，他們的思考方式絕不是「原始的」，而毋寧是比現代人更加「經濟的」。澳洲土著的圖騰系統把自然和人際關係納入同一套象徵符號裡。生肉、熟肉、生水果、熟水果都是具體的東西，在南美洲印弟安人的思考模式裡，這幾個簡單的範疇却能够表達極抽象的概念：自然現象和文化現象的對立。反觀現代社會，文字是使用最普遍的象徵符號。由於印刷的發達、文字的充斥，我們幾乎已經無法知道某些文字所代表的意義，甚至已經有「文字汚染」的混亂局面產生。文化的高度複雜化反而帶來一個矛盾的結果，就是我們似乎忘了文化的存在，我們彷彿相信世界上的一切事物都是「自然的」。也許到了電腦的使用之後，現代人才能掌握到初民思想的眞相。就像電腦符號一樣，圖騰或其他類似的象徵是存有最大量訊息的「儲藏單元」。

原始民族（以及李維史陀）强調自然與文化的對立，是有其充分理由的。只有體認了**我們**（人類及文化）與**他們**（自然）的對立和差異，才能進一步體認我們人這一類族的同一。同時，似非而是地，也只有體認這種對立關係，我們才能進一步體認人類本亦是自然之一部分的事實。因此，在原始民族的觀念中，人類與環境、文化與自然連結在一起，構成**有意義**（meaningful）的整體。這使我們想起歌德的口號：「連結，只有連結……」

李維史陀不但在亞馬遜河流域森林中發現了人類的原始面貌、文化的基本結構，他還目睹西方文明腐敗的一面。西方文明執着於**理性**（Rational）、**歷史**（History）、**進步**（Progress）。

由於理性觀念的驅使，西方文明所熱衷的活動，多是為了滿足短程的目的，因此破壞了整體的和諧，如當前生態環境的危機，就是一個明顯的例子。李維史陀並非認為原始社會沒有歷史，但他們對歷史所抱持的態度，是與西方文明社會大異其趣的。事實上，每一個人類社會都有其歷史，而且同樣的久遠。但原始民族雖然處在歷史的包圍之中，却試圖逃避歷史的支配。相反的，文明社會則把歷史內化，把歷史當作社會演進的原動力。十九世紀的帝國主義，社會達爾文主義，就是這種歷史觀點所促成的。至於進步的盲目追求，則使得屠殺也成了正當的手段。李維史陀在巴西內陸見到西方文明的最荒謬結局：印弟安土著被集體屠殺，而殖民的白人則只存着荒誕的期望。譬如有一位白人屠夫告訴李維史陀說：他一直期盼着馬戲團到蠻荒的森林裡來表演，因為馬戲團裡的象羣可以供應大量的肉！

因此，李維史陀在此所見的是整個人類命運的縮影。他跳身出來，想要賦予人類的生存一層意義。李維史陀從他自己以及土著的心靈中找到了答案。在此，到底是土著的心靈藉着李維史陀的描述而呈現出來，或者只是李維史陀個人的心靈借用土著心靈的聲音在獨唱——這已是一個無關緊要的問題了。如果我們覺得他所唱的是「憂鬱的結構」，那麼就讓我們體味『憂鬱的熱帶』的最末一段話：

人在宇宙之中並不是孤獨的，正如個人在羣體之中、或者一個社會在其他社會之中，都不是孤獨的一樣。我們現在的愚昧作爲，就好比在挖掘一個深淵；人類文化所構成的彩虹，也許將沉沒入這個深淵，永不復現。縱令如此，只要我們還生存着，只要世界還存在着，我們就仍然可以在前方看到一個飄忽的穹門，通往不可達到的境地。這個穹門下的路徑，引向一個與我們目前所處的被奴役狀態完全相反的目標。如果我們不能動身踏上這條路，只要我們心中對它抱着期望，就足以使我們獲得我們唯一知道如何珍息的恩寵。停止我們的愚昧作爲：這就是我們可以企盼的恩寵。生活的需要就像牢獄的牆，這堵空白的牆上時或會裂開幾道罅縫，但人却受一股衝動的驅使，一再的把這些罅縫又塡塞了起來，進而更把牢獄的門深鎖住。我們若想獲得恩寵，就要遏止這股自囚的衝動。不管一個社會的信仰、政治體制、文明程度如何，每一個社會都企盼着這項恩寵；無論對哪一個社會而言，它都代表休閒、娛樂、自由，以及肉體和心靈的平和。我們有這個機會把自己從專斷的命運中永遠解放出來：生命本身就完全看我們能否掌握這個機會而決定的。因此，也許我們可以向野蠻人告別了！也許我們可以結束旅程了！人類的汲汲營營總有暫停的片刻。我們人這一族類過去是什麼樣子？現在仍然是什麼樣子？就讓我們在這停歇之刻，試圖體悟其本質。超越思想所及，深入社會之下：一顆比任何人造物品都美麗的礦石；百合花蕊散溢出的那股比我們的書籍更加奧妙的馨香；或者，當我們對一隻貓懷着本能的瞭解，這隻貓回報我們充滿寬容、安詳、互諒的一霎——從這一顆礦石，從這一股馨香，從這貓眼的一霎之中，我們常可幸運的體悟我們的本質。

■　■　■　■　■

本書譯自Edmund Leach: *Lévi-Strauss* (Fontana/Collins, 1970）這本書是該書局出版之「當代大師」（Modern Masters）叢書裡的一本。譯完之後，又見一九七四年的修訂版，修改之處頗多，譯文也根據新版做了變動。

作者艾德蒙・李區，一九一〇年生，是當今英國最具代表性及最有活力的社會人類學家。一九三二年畢業於劍橋大學，在校時所研讀的科目是數學和機械學。畢業後，到上海擔任英國商行的貿易助理，歷時五年。一九三七、三八兩年在臺灣蘭嶼和庫德斯坦（Kurdistan）做過短期田野研究，然後回到英國，在馬凌諾斯基和弗斯（Raymond Firth）的指導下研究社會人類學。二次大戰期間，他在緬甸擔任英軍官職，並就地從事人類學調查研究。戰後重回倫敦政經學院攻讀，於一九四七年獲得博士學位。後執教於政經學院和劍橋大學，並前往沙撈越、錫蘭兩地做田野調查。一九六六年至一九七八年擔任劍橋大學國王學院（King's Colllege）的院長。一九七五年受封爲爵士。

李區不僅致力於結構分析，也頗注重功能分析。他對李維史陀有深刻的了解，是李維史陀的支持者。雖然如此，他却非一味的盲信和禮讚李維史陀，而是保持距離，不時提出批評。這一點讀者可以從本書清楚的看出。除了本書之外，李區的主要著作尚有：

Political Systems of Highland Burma (1954)

Pul Eliya (1961)

Rethinking Anthroporogy (1961)

A Runaway World (1968)

Genesis as Myth (1970)

Culture and Communication (1976)

Social Anthropology (1982)

Structuralist Interpretations of Biblical Myth (1983, 合著)

黃道琳

結構主義之父——李維史陀

結構主義之父——李維史陀

目錄

結構主義之父——李維史陀

第一章　李維史陀及其業績

克羅德・李維史陀(Claude Lévi-Strauss)，現任法蘭西學院社會人類學教授，被公認爲英語國度以外最傑出的社會人類學家。不過，自稱爲社會人類學家的學者，却可區分爲兩種類型。『金枝集』（*The Golden Bough*）的作者，已故詹姆斯・弗萊哲爵士（Sir James Frazer, 1854—1941）堪稱爲第一種類型的鼻祖。他學識淵博，却從未與他所論述的初民生活有過直接的接觸。他將全世界各文化的細節拿來加以比較研究，想藉此發現人類心理的基本事實。至於社會人類學家的第二種類型代表，則可算是馬凌諾斯基（Bronislaw Malinowski, 1884—1942）；這位學者出生於波蘭，後來歸化入英國籍。馬凌諾斯基曾親自到美拉尼西亞的一個小村落做過爲期四年的調查，他後來的學術生涯大半都貫注在分析這項調查所獲得的資料。他的目標是想要說明這個化外部落的社會體系具有什麼樣的「功能運作」，以及這個部落裡的各個成員如何度過從搖籃到墳墓的一生。他的興趣所偏重的是人類各文化之間的差異性，而不是它們的一般類似性。

目前英美兩國的社會人類學家，大多標榜是「功能論者」；大體而言，他們所師承的是馬凌諾斯基的風格與傳統。反乎此，李維史陀所繼承的却是弗萊哲所開的另一條社會人類學傳統，雖然他們在風格上並不相同。李維史陀在學術上所要達到的最終目標，並不是在於探求某一社會或某一類社會的實情，而是發掘「人類心靈」的眞相：這是一項根本性的差異。

馬凌諾斯基在世時享有三種盛名。一般民衆把他目爲自由戀愛的首倡人。他所記述的超卜連島民（Trobriand Islanders）性生活異俗雖然以現代眼光來衡量並不怎麼駭人聽聞，在當時却被認爲與黃色書刊相差無幾。另一方面，馬凌諾斯基在人類學界博得美譽，却是由於兩種別的原因。其一是他從事田野調查時所用的新穎方法：這種方法現已被普遍倣效。其二是他獨特的「功能論」學說：一種過分簡化而機械式的社會學理論架構，現在已遭到一般的漠視。

李維史陀具有不同的業績。他自始至終是一個純粹的學者和知識份子。馬凌諾斯基爲了吸引羣衆，把一本研究超卜連島民的論著題爲『蠻族的性生活』(*The Sexual Life of Savages*)，像這種吸引羣衆的小花招却不爲李維史陀所取。他的『憂鬱的熱帶』(*Tristes Tropiques*, 1955)一書，只在卷末夾附了幾幀亞馬遜河流域土著女子的裸照，算是引人注目的例外了。按照馬凌諾斯基的標準，李維史陀的田野調查並無高明之處。至於他的作品，不管是法文的或英文的，都有一項特點：就是難懂。他的社會學理論，非但繁複而令人困惑，更常旁徵博引，別人實在望塵莫及。有些讀者甚至懷疑李維史陀在暗中玩弄詭計。到了今天，李維史陀雖已聲譽顯赫，人類學界對他還是批評多於支持。不過他在學術上的重要性是無人否認的。李維史陀受到讚賞，究其最重要的原因，倒還不是他的觀念新奇，而是在於他運用這些觀念時，具有別人所不及的膽識。他提出了一些研究熟悉事物的新途徑；在此，我們所重視的是方法，而不是運用方法所獲的實際結果。

李維史陀所提出的方法，非但是人類學的，更是語言學的。這種方法在各行業的知識份子之中都引起了一陣激盪：包括文學家、政治學家、古哲學家、神學家、藝術學家等。本書的目的就是想要說明爲什麼會有這種現象。不過，我必須先聲明我個人的一個偏見。

我自己受業於馬凌諾斯基，雖然我也承認馬凌諾斯基理論的缺陷，但基本上我還是一個「功能論者」。我偶而會利用李維史陀的「結構論派」方法來闡釋某些文化體系的某些特點，然而我大體上的立場却與李維史陀相去甚遠。這一項看法上的差異，在下文中必然會顯露出來。我寫作本書的主要目的，只是在於說明李維史陀的方法及看法，而不是要提出我個人的批評。話雖這麼說，我却不能聲稱我的觀察是絕對不偏不倚的。

我所要探討的，是李維史陀的觀念，而不是他的生平事跡。不過，自從一九三六年以來，李維史陀已經寫了十一本書以及一百多篇專論，因此，要闡釋他的觀念實在是一項艱難的工作。要描述李維史陀的作品所涉及的這一片廣濶領域，難免會有歪曲之處，何況我不想在此按照李維史陀生平的前後順序而論述，這一定會使事態更加模糊了。我將從他生平的中段開始，然後往前後兩個方向同時進行。我採取這種特殊的方式，其實是有個人的理由的，現在就在此加以說明。

我們可以把李維史陀的全部著作看成一顆星，這顆星的中心是他的自傳體民族誌遊記『憂鬱的熱帶』，這顆星向三個方向發出亮光，分別代表李維史陀的三項研究：㈠親屬理論、㈡神話邏輯、㈢初民思想的分類模式論。依我個人的偏見，這三項研究之中最早的親屬理論是最不重要的。李維史陀自己並不同意我這個判斷。他在後期的著作裡，還時常引述『親屬的基本結構』（*Les Structures élémentaires de la parenté*, 1949）一書，似乎把這本書看成社會人類學史上劃時代的權威之作。最近（一九六九年），他還在這本書的英譯再版裡做了大量的修改，其中包括對英國方面的慕名者（如我本人）的看法提出嚴厲的反駁，因爲我們曾經大膽指出他在書中所述的歷史並不盡符合事實。

顯然，我無法以這樣的一本書做爲起點，從而對李維史陀的大體立場提出讚同的評論。因此，我只好把他的親屬理論放在最後來談。同時，我們需要一個年表來做討論的指引，下面的表一列出了李維史陀生平的重要事跡。

表一 李維史陀生平年表（註①，見表末）

年份	重要事跡
一九〇八	生於比利時。
一九一四——一八	與雙親同住於凡爾賽附近（父爲藝術家）。

一九二七——三二　就讀巴黎大學，獲法學學位及高等中學哲學教師資格。當時的閱讀範圍包括「法國社會學派諸大師」的作品——這些大概是聖西門（Saint Simon）、孔德（Comte）、涂爾幹（Durkheim）、牟斯（Mauss）等（註②，見表末）。

一九三二——三四　任教於一所公立中學。

一九三四　由於高等師範學校校長布格列（Celestin Bouglé 註③，見表末）的推薦，受聘爲巴西聖保羅大學社會學教授。

一九三四——三七　任聖保羅大學（註④，見表末）社會學教授。這段期間，似曾數度返回法國，也曾數度深入巴西內陸，從事短期的民族誌調查工作。到這段期間結束時，他已有五個月左右的實際田野經驗。

一九三四?　閱讀羅伊的『初民社會』(Lowie: *Primitive Society*, 1920)英文本，這是他所接觸的第一本人類學專門著作。羅伊這本書的梅托赫斯(E. Metraux)法文譯本要到一九三五年才出版。

一九三六　發表第一篇人類學著述：一篇論波洛洛印弟安人（Bororo Indians）社會組

織的論文，長達四十五頁。

一九三八──三九　辭聖保羅大學教職之後，獲法國政府經費補助，前往巴西中部地區從事較廣泛的調查。此次調查的詳情並不清楚。原先有兩位自然科學家陪同李維史陀，進行其他方面的調查。他們於一九三八年六月從設在奎亞巴（Cuiaba）的研究據點出發，年底抵達馬得拉（Madeira）與馬查多（Machado）兩河會流處。這段期間，他們似乎未曾在什麼地方駐留過。李維史陀關於 Nambikwara 和 Tupi-Kawahib 兩個印弟安族的著述似乎全是以此次經歷爲根據。

一九三九──四〇　在法國服兵役。

一九四一　（春季）經由馬丁尼哥（Martinique）和波多黎各抵達紐約，就職於社會研究新校（New School for Social Research）。此職位係羅伊、梅托赫斯及阿斯科里（Max Ascoli）三人所安排。

一九四五　發表『語言學與人類學中的結構分析』一文於 *Word: Journal of the Linguistic Circle of New York.*（這份刊物是杰科卜生（Roman

Jakobson）等人所創辦）

一九四六——四七　任法國駐美使館文化參事。

一九四八　出版『Nambikwara 印弟安人的家庭與社會生活』一書。（*La Vie familiale et sociale des Indiens Nambikwara*, Paris:Société des Américanistes）

一九四九　出版『親屬的基本結構』一書。（*Les Structures élémentaires de la parenté*, Paris: P.U.F.）

一九五〇　任巴黎大學高等研究院（社會人類學研究室）研究指導教授。到東巴基斯坦 Chittagong 地方做短期田野調查。

一九五二　出版『種族與歷史』一書。（*Race and History*, Paris: UNESCO）

一九五三——六〇　任國際社會科學協會秘書長。

一九五五　發表『神話的結構研究』一文於 *Journal of American Folklore* 六十八卷，二七〇號，頁四二八——四四。並出版『憂鬱的熱帶』一書。（Paris: Plon）

一九五八　出版『結構人類學』一書。（*Anthropologie Structurale*, Paris: Plon）

一九五九　受聘爲法蘭西學院社會人類學講座教授。

一九六〇　發表『阿斯底瓦的故事』一文。（*Annuaire de l' E.P.H.E.*〔『高等研究院年報』〕1958—59: Paris）

一九六二　出版『圖騰制度新研』(*Le Totémisme aujourd'hui*)及『野性的思考』（*Pensée sauvage*）兩書。

一九六四　出版『神話邏輯，卷一：生的與熟的』（*Mythologiques*, Vol. I :*Le Cru et le cuit*）

一九六七　出版『神話邏輯，卷二：從蜂蜜到煙灰』（*Mythologiques*, Vol. II :*Du Miel aux cendres*）

一九六七　出版『神話邏輯，卷三：餐桌禮儀的起源』（*Mythologiques*, Vol. III : *L'Origine des manieres de table*）

一九六八　榮獲法國國立科學研究所頒發金質獎章，這是「法國最高的學術榮譽」。

一九七一　出版『神話邏輯，卷四：裸人』(*Mythologiques*, Vol. IV : *L'Homme nu*）

。受頒國家榮譽勳章。

一九七三　受聘爲法國翰林院（French Academy）院士。

表一附註：

①本年表根據多方面的資料編成。一九四一年以前的大部資料來自『憂鬱的熱帶』一書。李維史陀教授曾對本年表的初稿提出修正，作者特在此致謝。（譯按：李維史陀一九七三年之後的著作，請參閱本書末所附目錄。）

②李維史陀曾說過，他在孩童時代卽對地質學具有濃厚興趣，並且在少年時代晚期也先後對心理分析學說及馬克思主義有所愛好。

③布格列早先曾與涂爾幹及『社會學年刊』（*L'Année Sociologique*）有所聯繫。他在學術上的行業是哲學，但其聲譽却是建立在一本論印度種姓制度的著作上。這本書的初版發行於一九〇〇年。布格列從未到過印度。

④這所大學是法國人創辦的，當時法國駐巴西的外交機構仍然參預敎職員的聘任事宜。李維史陀說，他在法籍同事間引起了一陣惶恐，原因是一方面他對涂爾幹功能學說頗不以爲然，另一方

面他對美國民族學家鮑亞士（Boas）、克魯伯（Kroeber）、羅伊等人的著作却深感興趣。

我們考察李維史陀的生平時，還會發現一項特點：李維史陀是個極有天賦的音樂家。這可從他的一些著作中窺察出來，特別是『神話邏輯』卷一的緒論（李維史陀稱之爲「序曲」）以及錯雜排列的章題。

表一的註②也必須加以說明。在『憂鬱的熱帶』（一九五五）裡，李維史陀曾把地質學、心理分析、馬克思主義稱爲他的「三位情婦」。由此可見地質學是他的初戀情人。

關於地質學，我們留在下文再談。在此我們先看看他的馬克思主義。李維史陀自己說過：

「依我看，馬克思主義的理論建構方式，似乎與地質學、心理分析無甚差別……這三者都指出，我們對事物的瞭解乃在於將一種實體（reality）化約成另一種實體。各種實體之中最易覺察者，絕不是眞正的實體……這三者所探討的是同一個問題：理性與感官知覺之間的關係……」（W. W.:61 書名簡稱見書末引用書目說明）

實際上，我們想要瞭解李維史陀時，應當如何考慮馬克思主義思想：這是一個難於回答的問題。再者，李維史陀所使用的辯證法，具有「正—反—合」的形式，是更接近黑格爾，而不符馬克思主義；他對歷史的看法，也與馬克思主義頗有出入。最後，由於沙特存在主義與李維史陀結構主義兩者之間有一種辯證關係，更使得這些問題模糊不清了。

李維史陀與沙特於一九四六年在紐約初次相見，不過在這之前他們已有共同的熟人，譬如西蒙・德・波娃（Simone de Beauvoir）、梅洛龐廸（Merleau-Ponty）兩個人就曾跟李維史陀一起在一所高等中學任實習敎員（P.C.）。李維史陀的文章常在沙特主編的『現代雜誌』（*Les Modernes*）上發表。不過，到了一九五五年，他們兩人的私下關係似已有明顯的磨擦。李維史陀在『憂鬱的熱帶』裡對存在主義有所批評：

「把個人所關心的事高估爲哲學問題是危險的，其結果可能淪爲一種女店員哲學。」（W. W. :62）

『野性的思考』的整個第九章，是對沙特『辯證理性批判』（*Critique de le raison dialectique*）一書的嚴厲攻訐。李維史陀認爲沙特有一個特別可笑的看法：初民社會的成員必無理智分析和理性證明的能力。不過，他也不得不承認：

「對於我們文化裡過去和今天種種社會經驗的辯證發展，沙特常有別人所不及的理解：這時候，人類學家會覺得與沙特非常接近。」（S.M: 250）

沙特是馬克思主義者，李維史陀也常常是馬克思主義者——至少他自己是這麼說的！這兩位作者都在自己的著作裡隨心所欲引用馬克思主義術語，還會互相指責對方誤用了那些神聖的辭彙。關於這一點，我只能介紹讀者參閱布宜庸所寫的一篇評論（Jean Pouillon:1965）。從這篇評論，我們一定會從李維史陀和沙特的爭論聯想到卡洛爾（Lewis Carroll）的愛麗思童話裡 Tweedledum 和 Tweedledee 的無謂爭吵。

當然，我並無意說李維史陀目前的立場跟存在主義者有接近之勢；其實他們的立場在許多方面是相去甚遠的。但是，存在主義和李維史陀的結構主義都源自馬克思主義，兩者的差別並不如某些心眼狹窄的評論家所說的那麼大 ①。李維史陀雖然在『野性的思考』裡對沙特提出無情的攻擊，這本書所獻的對象却是梅洛龐弛。梅洛龐弛這位現象論哲學家的觀點顯然比較接近存在主義，而非結構主義。

另一方面，李維史陀曾跟希戈爾（Ricoeur）爭辯「闡釋學」（hermeneutic 見 Ricoeur: 1963），這場爭辯和上述與沙特爭辯「歷史」有許多相似之處。關於「闡釋學」的爭論，是由於他們二人對「時間指向」（"arrow of time"）的不同評價。現象學和存在主義兩派哲學家認爲：歷史是用以解釋現在的神話，但現在却也是歷史的必然終局。結構主義論者的看法比較沒有自我中心的色彩，他們指出：歷史使我們能夠看清往日社會的影像，但這些社會只不過是我們目前所接觸之社會的結構變形罷了，相較之下兩者並無優劣可言，我們在目前並非處於特別優越的地位上。可惜的是，李維史陀本人對歷史的看法實在難以捉摸，因此我只能奉勸有興趣的讀者親自去閱讀『野性的思考』二五六至二六四頁的滔滔議論。

李維史陀的主張中似乎有兩個重要的論點。第一，他認爲貫時性的歷史研究與同時性的泛文化人類學研究實是殊途同歸的途徑。他說：

> 「人類學家看重歷史，但並不賦予歷史特殊的價值。在他們的觀念裡，歷史研究只是人類學的補助，前者在時間過程上展列人類社會的差異，後者則在空間上展列這些差異。兩者

的不同遠比我們所想像的爲小，因爲歷史學家所致力的是重建過去社會在某一個相當於現在的時間點上所具有的圖像，而人類家從事民族誌工作，則是想重建目前社會模式的歷史演變階段。」（S. M:256）

第二，李維史陀堅稱：雖然歷史在形式上是往昔事跡的追述，但對於思考歷史的人來說，歷史是其現在的一部分，而不是其過去的一部分。對從事思考的人而言，一切追述的經驗都是屬於現在的。譬如在神話裡，所有發生的事都屬於一個同時性的整體。關於這一點，李維史陀的觀念是來自普魯斯特（Proust）；『野性的思考』倒數第二章的標題爲「重獲的時間」，這很明顯是唱合普魯斯特的書名『往日追憶』（*À la Recherche du Temps Perdu*）。

李維史陀的整個著作裡充滿了這類間接的暗示和雙關語，使人回想起魏爾侖（Verlaine）的象徵主義公式：「沒有顏色，只有色調的細微差異而已。」戴維（Davy, 1965:54）曾經指出：象徵派詩人「主張詩語言——尤其是意像——的功能並非在於說明觀念，而是在於表現一種無法用其他方式描述的經驗。」讀者若發現李維史陀文章的確切意義總是難於捉摸，那就必須記住他在這方面的文學背景②。

關於結構主義的歷史觀，還有一點值得提及。雖然李維史陀一再重申：「無歷史社會」之成員的思考固然具有原始的思維結構，其實現代人的思考也同樣有這種思維結構。但是，李維史陀却難得大膽的證明這一說法。在『野性的思考』裡，他曾偶爾想把結構主義的論證應用於當代西歐文化的特質上（這一點我們將在第五章中再詳說），但大體上他還是在初民社會和文明社會之間劃了一道鮮明（但却武斷）的界線；前者因爲處於靜止不變的狀態，成爲人類學家的研究對象，後者則因爲「處於歷史之中」，而未受到人類學家的分析。李維史陀始終不把結構主義方法應用於分析貫時性的變遷過程。他認爲：歷史事跡只是以神話的形式存留在我們的意識之中，而神話具有一項內在特徵（也是李維史陀結構分析的特徵），即事件的時間順序是無關緊要的③。

在此，李維史陀對地質學的看法才特別顯示出其意義。

十九世紀的人類學家，不管是屬於演化論派或傳播論派，他們的基本假設都是原史的（Proto-historical），但李維史陀的時間意識却是地質學的。雖然也像泰勒（Tylor）和弗萊哲一樣，他對當代的原始民族風俗產生興趣，只是因爲他認爲這些風俗在某些方面是原始的。不過他却不像弗萊哲那樣，把原始的風俗卽看做低劣的。在一片地表上，湮古的石塊可能與相當晚近的沉積物並列在一起，但我們並不因此而論稱前者比後者低劣。生物（引申而及人類社會）亦然：

「有時候……我們在一個隱蔽的石縫兩邊，發現兩種不同的綠色植物，各生於它所適合的土壤上。然後我們發現這塊岩石裡頭有兩枚菊石（ammonites），其中之一的廻紋較爲複雜。這可以說，我們所窺見的乃是幾千年時間所造成的差異；在這一刹那，時間和空間突然混融在一起，此瞬間所呈現的生動差異把一個時代和另一個時代並列在一起，且使之永存不朽。」（W. W. :60）

我必須請讀者注意一點：引起李維史陀興趣的並不是綠色植物，它們只是挑動了他的好奇心而已。那兩枚菊石是幾百萬年前的生物遺體，它們的關係背後隱藏著更抽象的東西——這才是李維史陀眞正關心者。再者，他認爲對這些抽象事物發生興趣是有充分理由的，因爲這使我們能夠更加瞭解現在，以及那兩種綠色植物的差異。

「地質學家和心理分析學家眼中的歷史，有所不同於歷史學家的歷史。在前者看來，歷史的目的是把物理和心理宇宙的一些基本性質投影在時間序列之中——其方式頗類似活人畫（*tableau vivant*）。」（W. W. :60–1）

探尋這些「基本性質」是李維史陀所有著作中一再出現的主題，但這並不只是一種對古董的好奇。李維史陀的信念毋寧在於：凡是基本的和普同的，也必然是我們眞實天性的本質；藉著對天性的瞭解，我們可進而改進自己。

「……進到我們工作的第二步驟：就是不要固持某一社會的特質，而應該經由人類社會的所有特質，進而找出社會生活的一些原則，用以改進我們自己的——而非別人的——風俗……只有我們自己的社會才是我們所能改變而又不加以摧毀的，因爲我們所要造成的變革必須來自社會內部。」（W. W. :391–2）

從這段話可以看出，李維史陀是個理想家；而理想家的毛病在於：他們難於承認常人所見的日常世界。李維史陀認爲原始民族是人類本質的「還元模型」（"reduced models"），基於這個信念，他筆下的原始民族却是不食人間煙火，變成盧騷所說的高貴野蠻人了。相反的，一般人類學家都要長住到荒僻骯髒的地區去研究原始民族。

這一差別非常重要。仔細研讀『憂鬱的熱帶』之後，我們會發現：李維史陀在巴西從事調查的整個行程中，從未在一地停留至數週之久，並且也始終無法用土語和土著報導人交談。

人類學研究有許多方式，目前英美人類學家大多師承馬凌諾斯基，用土語進行深入的田野調查。李維史陀則像弗萊哲一類型的人類學家，採取了截然不同的研究途徑。他們所根據的民族誌資料，大多得自特別的報導人和翻譯人；他們對風俗習慣的描述雖然相當謹愼，却不周詳。一個經驗豐富的人類學家，縱使初次到一個「新的」原始社會調查，而且必須倚靠能幹的翻譯人，但只要他在這個社會留停幾天之後，他便有可能在腦海裡描繪出一個相當完整的社會體系運作「模型」。如果他繼續在這個社會停留六個月，學會了當地的語言之後，却很可能發現原先建構的那個「模型」已經不正確了。這時候他會發覺瞭解社會體系的運作方式要比他初抵這個社會時所設想的更爲困難。

李維史陀從未有過這種令人灰心的經驗，當然也從未掌握到其中所牽涉的問題。

在李維史陀的所有著作裡，他都認定：由觀察者首次印象所衍生的簡單、最初「模型」，必定非常接近眞正的(而且非常重要的)民族誌實情——即報導人心中的「意識模型」("conscious model")。但是，在那些擁有較多田野經驗的人類學家看來，這種最初的模型，只不過是觀察者個人種種偏頗假設的拼湊罷了。

因此，有許多人會聲稱：李維史陀跟弗萊哲一樣，對原始資料的選擇不够謹愼，彷彿他想找什麼，就能找到什麼。任何可疑的證據，只要在邏輯上與預期的結果相符，他也會接受。碰到資料和理論不能相合，李維史陀不是視若無睹，就是鼓起如簧之舌，排除異己！我們必須記住李維史陀所受的基本訓練是哲學和法律，他的一貫作風，與其說像個追求最終眞理的科學家，還不如說像個辯護訟案的律師。

但這位哲學辯士也是一個詩人。安普森的『七種歧義』(William Empson: *The Seven Types of Ambiguity*, 1931)，雖然是屬於一種爲當代結構主義者所嫌惡的文學批評形式，卻是研究李維史陀的最佳入門書。李維史陀從未發表詩作，但是從他對語音、語意、以及各種語言成素之排列組合的整個看法，我們可以窺見他的詩人本質。

李維史陀那四本研究美洲印弟安神話的巨著，不取名爲『神話學』，而稱作『神話邏輯』；他此項研究的目標在探討這些神話邏輯與其他邏輯的神秘關係。這是詩人的領域。我們大多數人無法接受李維史陀的迂迴論證方式，因此必須記住：他和弗萊哲一樣，具有極出色的能力，能夠將我們在不知不覺之中帶到我們神秘情感的最深奧處。

第二章 牡蠣、燻鮭魚、斯第爾頓酪餅

在法國知識份子之中，李維史陀以身爲結構主義發言人而聞名。人們使用「結構主義」這個名詞時，似乎把它看作代表一種全新的生命哲學——好比「馬克思主義」或「存在主義」一樣。「結構主義」到底是什麼？

一般的說法大略如此：我們藉感官而認識外在世界；當我們感覺到某些現象時，由於感官的運作方式，以及人腦整理、解釋外來刺激的方式，使我們賦予這些現象一些特徵。這種整理過程有一個極重要的特點：就是我們把周遭的時空連續體切割成片段，因此我們才會把環境看作由許多屬於不同名類的事物所組成，也把時間之流看成一連串分離的事件。相對的，當我們製作物品（各種人工製品）、安排儀式活動、或者記述歷史時，我們也都以我們所認識的自然爲模擬的對象：我們在意識中把自然產物加以割裂和分類，我們所製作的文化產品也有一樣的割裂和分類方式。

舉一個簡單的例子來說明我的意思。紅橙黃綠藍靛紫等所構成的色譜原是一個連續體，紅黃或黃綠之間並無自然的界線。我們的感官接受光線刺激，光線的性質有各種變化，特別是光度的明度和光波的長短，我們對這些不同刺激產生反應：這便是我們對顏色的認知。從紅外線向紫外線，光波愈來愈短，溫度愈來愈低；在色譜的兩端，光度是零，在色譜中央（亦即黃色），光度最高④。這些原都是連續的，但由於人腦的運作，我們將之切割成片段，因而感覺藍綠黃紅等是極「不同」的顏色。由於人腦這種分類機能，任何人（除了色盲之外）都能夠經由學習而感覺紅綠是「對立的」顏色——就像黑白是對立的一樣。其實在我們的文化裡，我們就已經學會做這種區分；也因此我們會覺得可以像使用加號和減號一樣用紅綠來作爲訊號。事實上，我們設立了不少這一類的對立關係組：紅色不但與綠色對立，在別的場合也和其他「顏色」對立——特別是白、黑、藍、黃。當我們設立這種對立組時，紅色一向具有同樣的意義，我們把它當作表示危險的訊號：譬如熱水龍頭、通電的電線、帳簿裡的欠額、道路上的停止訊號等。除了西歐文化之外，許多其他文化裡也有同樣的模式，在後者這些例子裡，我們會發現紅色之代表「危險」，常常就是因爲人們認爲它和血液具有「自然的」關聯。

無論如何，在西歐社會，公路和鐵路上的交通訊號以「綠色」表示「通行」，「紅色」表示「停止」。這一區別大體上是足夠了，不過當我們想設立另一個訊號來表示「準備停止——準備通行」這個介中的意思時，我們選擇了「黃色」——這是因爲「黃色」在色譜上介於「綠色」和「紅色」之間。

在這個例子裡，綠—黃—紅三種顏色的區分，相同於通行—注意—停止三種指示的區分；顏色系統和訊號系統具有同樣的「結構」，兩者互爲對方的變換模式。但請注意這種變換是如何達成的：

一、存在於自然界的色譜是一個連續體。

二、人腦把這一連續體解釋成由分裂片段所組成。

三、人腦尋找＋／－二元對立關係的適當表象，選擇紅綠兩色構成二元對立組。

四、建立了這個兩極對立關係之後，人腦對紅綠之間的不連續性感到不滿，於是要尋找一個非＋／非－的介中地位。

五、於是它回到原來的自然連續體，選擇黃色作為介中的訊號——因為在人腦的知覺裡，黃色是介於紅綠之間的隔離體。

六、最後的文化產品是由三個顏色組成的交通訊號，這是人腦所認知的自然現象（色譜）的一個簡化翻版。

上面這一段議論的要旨，可以用圖形來表示。圖一的圖形代表兩個重疊的三角形。第一個三角形的三個角分別代表綠、黃、紅，這三個顏色可以在兩條軸上區分：㈠短波／長波、㈡低光度／高光度。第二個三角形的三個角則代表有關運動狀態的指示：通行（保持運動狀態）、注意（準備改變運動狀態）、停止（保持不動狀態）。這三項訊息也可在兩條軸上加以區分：㈠運動／不動、㈡改變／不變。把這兩個三角形重疊在一起，顏色即成為不同指示的表達訊號。換句話說，三個顏色之間關係的自然結構，和三項指示之間的邏輯結構是一樣的。

就我所知，上面這個例子從未被李維史陀用過。依照結構主義的主張，這類三角形表示出人腦所理解的自然模型變換，因此可以做極廣泛的應用——當然在一般的場合變換的可能性要比較複雜。

圖一　交通訊號顏色三角形

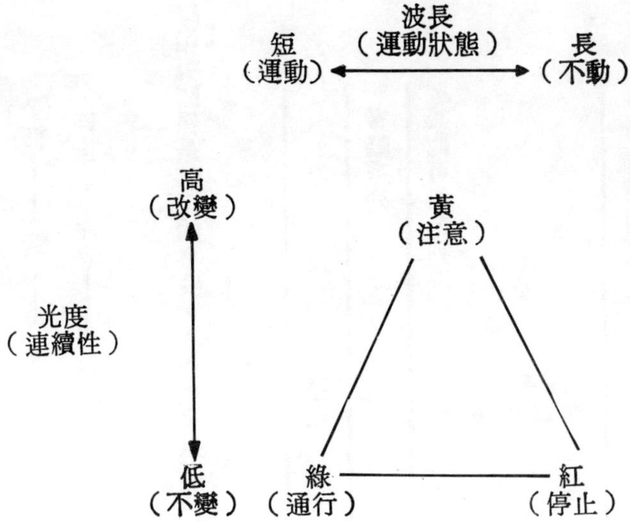

在我所舉的例子裡，三角形的構成形式受到兩個特殊的限制。第一，色譜的排列順序是**綠—黃—紅**，而不是**黃—綠—紅**或**綠—紅—黃**：這是一項「自然事實」。第二，除此之外還有另一項自然事實，卽人類具有一種傾向，會把「紅」這一顏色和「血」這一物質賦予直接的關聯——這一自然傾向必定在極早的舊石器時代卽已存在。因此，當我們要從紅黃綠中選出一個顏色來表示「停止——危險」的意思，則紅色被選上的可能性遠大於黃綠兩色。基於這兩項限制，我們的例子裡兩個三角形各成分之間的相對關係就多多少少是預先已決定的了。因此——

紅——黃——綠
停止——注意——通行

這一組相對關係是巳定的事實，我們也可以不必注意下面所列的其他可能組合：

	停止	注意	通行
實際系列	紅	黃	綠
其他可能系列	紅	綠	黃
	黃	紅	綠
	黃	綠	紅
	綠	紅	黃
	綠	黃	紅

但是在一般的結構分析裡，我們必須一開始就考慮到所有可能的組合，然後再以比較的觀點檢驗實際的證據。下面是李維史陀自己的說法：

「我們所採取的方法……包含下列幾個步驟：

一、把我們所要研究的現象界定為兩個或更多眞實或假設的項目之間的關係。

二、做一個表列出這些項目間可能的排列組合。

三、以此表為分析的一般對象，我們的分析工作只有在這個層次上才能得出項目之間的種種必要關係。我們在開始時所考慮的經驗現象，只不過是許多可能組合之中的一種，而我們必須先把這些可能組合的完整體系建構起來。」（T.:16）

由於人腦的認知機能，我們發現存在於自然之中的種種關係，然後我們進一步模擬這些自然關係以衍生文化產物——如我在上述交通訊號例子裡所說，結構分析的最終目標就是要探討人類這種模擬和衍生活動的過程。讀者切勿誤解這一點。李維史陀並不是巴克萊（Berkeley）之流的觀念論者，他並不聲辯說自然僅存在於人類的認知活動之中。李維史陀觀念中的自然是可感的實體，我們可以用科學研究掌握支配自然的一些規律。不過，人類認知器官的本質，卻嚴格的限制了我們理解自然本質的能力。依照李維史陀的看法，如果我們能够注意我們理解自然的方式、觀察我們所用分類法的性質以及操作分類後所得範疇的方式，那麼，我們便可進而推衍出有關思想過程的重要事實。

歸根究底，人腦也是自然物；而且所有人類的頭腦構造大體上是一樣的。基於此，我們不得不假設：當文化產物在上述的方式之下衍生時，這一過程必定會將人腦的一些普遍的（即自然的）特徵投注進文化產物裡。因此，在探究文化現象的基本結構時，我們也同時在發掘人的本質——亦卽你、我以及巴西內陸裸體野蠻人都具有的本質。李維史陀這麼說：

「我研究人類學可以獲得一種知識上的滿足：人類學把處於兩個極端的世界歷史和我自己的歷史接合在一起，同時它也揭示了整個人類和我個人所共有的動機。」（W. W. :62）

我們必須瞭解這段話的意思。從表面看來，文化產物是千差萬別的。當一個人類學家著手比較澳洲土著和愛斯基摩人或英國的文化時，他立刻就看到其間的差異。可是，既然所有文化都是人腦的產物，那麼在表象的底下，必然可以找到所有文化的共同特質。

這並不是什麼新鮮的觀念。在很早期的人類學家之中，尤其是德國的巴斯丁（Bastian，1825–1905）和英國的弗萊哲（1854–1941）就已認爲：由於所有人都同屬於一個種屬，就必然具有心理的普同性（*Elementargedanken*基本觀念）；凡是「達到同一演化階段」的民族，在他們所具有的相似風俗裡都可找出這種普同性。弗萊哲和同時代的學者努力不懈的搜集了許多「相似的」風俗，用以證明人類社會的演化原則。結構主義者的用心當然**不在於此**。李維史陀重視的並不是兩個地區產生了的相同風俗；依照他的看法，人類文化的普同性只存在於結構的層次，而從未存在於表象的層次。如果我們只把文化項目當作單獨元素拿來比較，這不會增進我們對人類的瞭解；我們若想要獲益，則必須把人類行爲看作具有關聯的組合，而去比較組合之間的關係模式。在交通訊號系統裡，紅黃綠這三個顏色本身並沒有什麼作用；訊息的來源是這三個顏色的對立關係以及它們之間的轉換。

這些極爲籠括的觀念，脫胎於布拉格結構語言學派，特別是杰科卜生的理論。二十五年來杰科卜生居住在美國，二次世界大戰末期曾和李維史陀在紐約社會研究新校一起任職。杰科卜生的音素分析方法對李維史陀有顯著的影響，前者的看法，則係受了更早的得·梭許（F. de Saussure）之著作的啓發。李維史陀一再認定：各種文化表達的型態，諸如親屬體系及民俗分類體系等，都和人類語言具有相同的組織結構。這一「文化／語言」的類比觀點，是從杰科卜生的辨義形態理論（distinctive feature theory）發展而來。至若瓊士基（N. Chomsky）的衍生語法（generative grammars）觀念所可能引出的新見解，則從未爲李維史陀考察、利用過。同時，瓊士基本人則明白表示，李維史陀所持的語言類比觀點是無法接受的（Chomsky 1968:65）。不過，他還是認爲杰科卜生的論點是任何一般性語言學理論——包括他自己的——所不能摒棄的重要部分（Chomsky 1964:67）⑤。

李維史陀借用語言學的理論，將之推廣應用到文化現象的解釋；探討李維史陀如何做這種推廣乃是一件有趣的事。他有關「食物料理三角形」（'culinary triangle'）的討論可以用來做爲說明的例子。在已出版的『神話邏輯』中，「食物料理三角形」是幾個重要的主題之一，下面我要討論的單篇文章，也是以它爲主題。（見 T.C., 1965）

李維史陀首先簡略引述杰科卜生的理論：

「在世界的所有語言裡，音素間的對立關係雖然構成複雜的體系，但它不過是另一個較簡單體系的多方面衍變而已。這個簡單體系是所有語言共有的——卽子音和母音的差異。這一差異，又因密疏、銳鈍兩個對立區分，一方面衍生了『母音三角形』：

另一方面衍生了『子音三角形』：

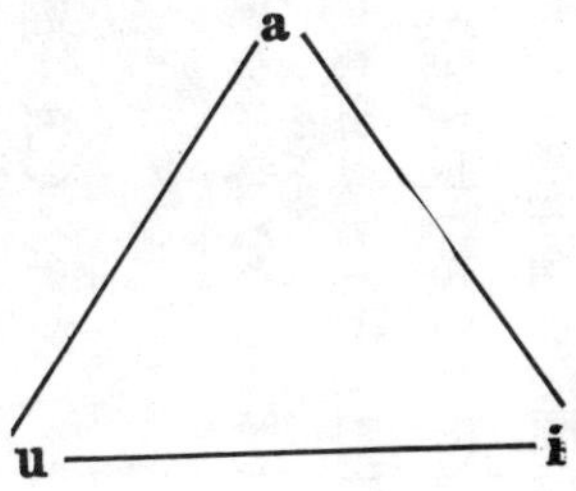

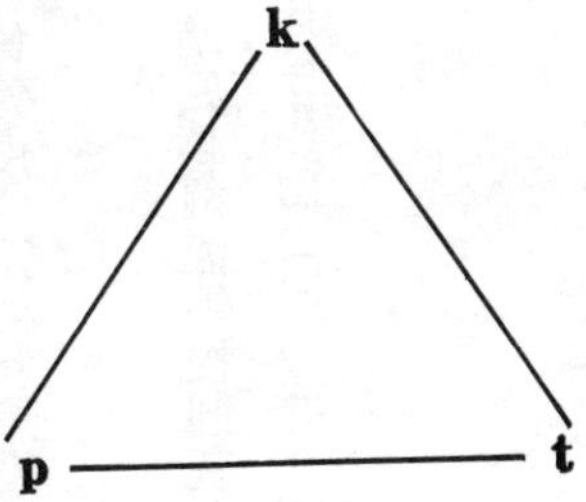

……」

大部份讀者恐怕會覺得這段話有點難懂，因此我將回到杰科卜生原來的理論，做一個比較詳盡的說明。

杰科卜生認爲：幼兒必須能夠控制基本的母音和子音，然後才能衍生出具有標準化順序的聲音模式（見 Jakobson and Halle, 1956:38f.）。幼兒首先依照音量的大小建立基本母音和子音的對立關係：

母音（V）——子音（C）
（高能量聲音）（低能量聲音）
（高—密）（低—疏）

然後再依音調的不同區分子音（C）爲：低頻率（鈍）的成素（p）和高頻率（銳）的成素（t）。高能量（密）的軟顎塞音（k）對應於高能量（密）的母音（a），低能量（疏）的子音（p、t），則對應於低能量（疏）的母音（鈍母音u和銳母音i）。

這整段話可以用兩個重疊三角形的圖形表示（圖二），這兩個三角形分別代表母音和子音系

圖二　杰科卜生的基本母音、子音三角形

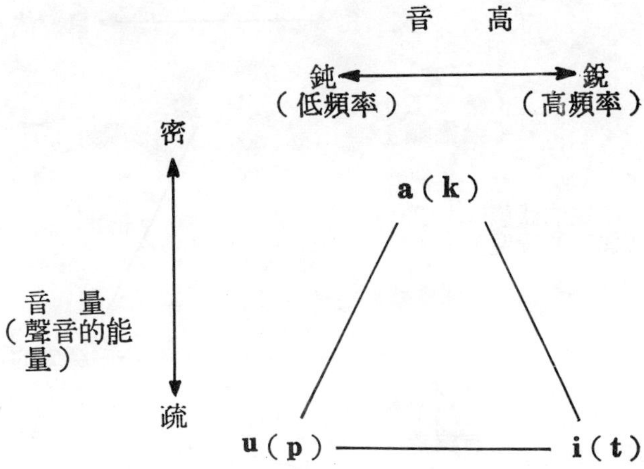

統，區分的標準是密疏和鈍銳。

現在我們回頭談談「食物料理三角形」。李維史陀簡短引述語言學理論的原型之後，立刻指出：就如同每一個人類社會都使用語言一樣，每個社會也都使用不同的烹飪方式來處理食物。我們可以把烹飪後的食物視為生食物經由文化手段變形（*élaboré* 加工）後的結果，而腐爛的食物是生食物經由自然手段變形後的結果。就杰科卜生的模型而言，在兒童有如計算機的認知程序裡，儲藏著由密疏和鈍銳所構成的對立組合，杰科卜生的母音子音三角形正表示這種對立關係。同樣的，依照李維史陀的推衍，所有人類文化的「文化形像」(*eidos*)裡⑥，也儲藏著由「變形／正常」和「文化／自然」這兩項差異所構成的對立組合。圖三的烹飪三角

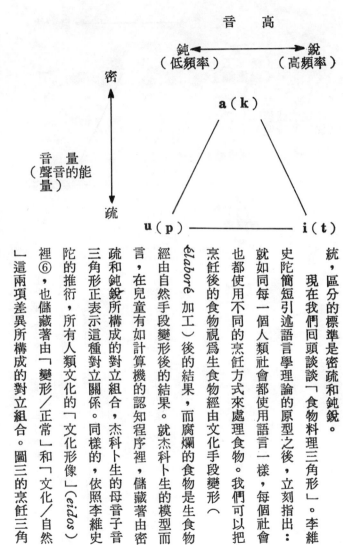

圖三　食物料理三角形（基本形式）

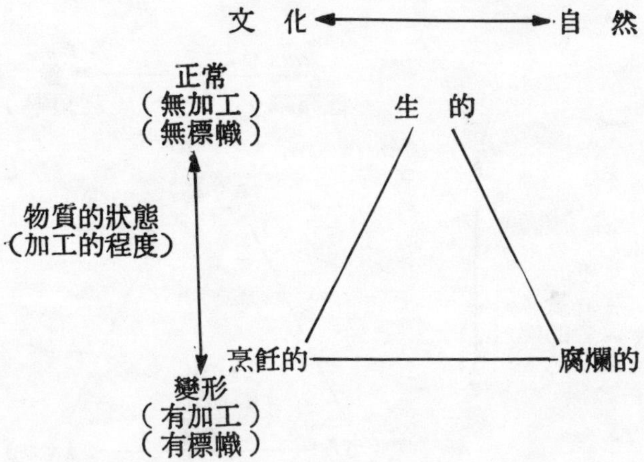

形所表示的就是這些對立關係。

在李維史陀的理論裡，生的（卽未經加工的）食物並不一定要介於自然和文化之間。但從另一方面來說，人類所吃的未經加工的食物，大部分是屬於「栽種植物及飼養動物」的範疇——也就是說這些東西既是屬於文化的，也是屬於自然的。

李維史陀的這一套心智體操到此並未結束，他指出最後的一步：除了上面這一組結構之外，烹飪的主要形式還可構成一個相反的結構：

一、在**燒烤**這一種烹飪過程中，肉類直接與轉化作用者（火）接觸，不需要任何文化器物或空氣、水做媒介。這種過程，只是部分的：烤肉只經過部分的烹飪。

二、第二種烹飪過程是**滚煮**，在此生肉被轉化成一種分解狀態，類似於自然的腐爛過程，但在這種烹飪過程中水和容器（這是文化器物）是必要的媒介。

三、**燻製**是一種緩慢但却完全的烹飪過程，不需任何文化器物作爲媒介，但空氣是必要的媒介。

就烹飪的手段而言，燒烤和燻製是自然過程，滾煮是文化過程；但就烹飪的結果而言，燻製的食物屬於文化，燒烤和滾煮的食物屬於自然。

李維史陀用一個圖形概括了上面整個論點。（圖四）

圖四　食物料理三角形

（衍伸形式）

生的

燒烤的

（－）空氣　　（－）水

（＋）燻製的　　（＋）滾煮的

烹飪的　　**腐爛的**

李維史陀在他原來的論文裡（T.C.:1965）對這個圖式的概括性作了限制，他舉出西歐的烹飪體系為例。在這個體系裡，烘焙和燒烤不同，汽蒸和滾煮不同，並且還有煎炸的方式（這是一種以油取代水的滾煮方式）。這種烹飪體系需要用較複雜的模型來分析。說到這裡，有些英國的讀者恐怕要開始懷疑這整套議論只是一場複雜的學術遊戲罷了。但是與圖四完全相同的圖形，以及相同的說明，明明白白的出現在『神話邏輯』第三卷（一九六八年）的四〇六頁上，因此我們不能把它當兒戲看待。但是要嚴肅考慮李維史陀的這一套議論，却也相當困難。李維史陀並未嚴格遵循他自己所訂的研究程序（見二九頁引文），「烹飪三角形」的整套議論也很像一場文字遊戲：把適當的字詞放入預先排設的文章空欄裡。李維史陀在別的地方曾宣稱：「一切意義的背後都是無意義。」（R. 1963:637）至於這個「無意義」是什麼？最好的說法也許是說：「無意義的背後有一個意義。」縱使這個意義並不是我們日常所說的意義。

現在我要再說明一下李維史陀所要探討的是什麼。動物僅僅吃食物，凡是牠們的本能列為「可吃」而又攝取得到的東西都是牠們的食物。但是人類一旦斷乳之後就沒有了這種本能。在人類社會裡，什麼是食物、什麼不是食物、在什麼場合應當吃什麼食物：這些規則是由社會的約定俗成而決定。再者，人類吃食物的場合是一種社會場合，因此各種食物的關係以及各種社會場合的關係必定是相對稱的。

如果進一步檢驗事實，我們會發現：人類將食物分類爲幾個重要的範疇，這些範疇本身就相當有趣。每個人類族羣的食物，都受到自然資源的限制。從食物項目（如麵包、羊肉、乳酪等）的層次上看，一個英國主婦所購買的食物和亞馬遜河域印弟安人所攝取的食物鮮有雷同之處。但是英國主婦和亞馬遜河印弟安人都同樣的把「食物」這個總括的範疇分化成幾個小範疇：「食物A」、「食物B」、「食物C」等。屬於這些小範疇的食物，其處理方式各有不同。在這個層次上，各族羣的範疇A、B、C等都相當類似。事實上它們就是圖四裡所列出的那類範疇，重要的是，各種範疇的食物具有極不同的社會地位。我們可以把宴會上的各道菜肴歸入我們預設的範疇，譬如：牡蠣（生的）、燻鮭魚（燻製的）、龍蝦湯（滾煮的）、羊前胛肉（燒烤的）、乳蛋鬆糕（烹飪的）、斯第爾頓酪餅（腐爛的）。不但如此，這幾個大類的食物相互之間還具有標準的關係。譬如說，按照西歐的風俗，如果菜式裡包括了一盤烤肉，那麼它一定會被當作主菜而排在出菜順序的中央。另一方面，我們認爲蒸的或滾煮的食物特別適於病人和小孩。我們爲什麼會有這些觀念?我們爲什麼會認爲煮鷄是常家菜，而烤鷄却是宴會的菜式?

我們可以用各式各樣的理由來同答每個問題。譬如說，煮鷄比烤鷄便宜，或者滾煮的食物「

比較容易消化」。（這個說法有什麼證據？）但是這種解釋却顯得薄弱，因爲我們發現有許多西歐之外的民族，他們的文化雖然與我們相差甚大，也用極相似的方式區分食物、區分它們的社會地位。有些食物只有男人可以吃，有些食物只有女人可以吃，更有些食物只有在儀式性的場合才能吃。由這些規則所構成的模式雖然並非到處都一樣，但這一類模式一定是其來有自的。李維史陀曾聲稱：燒烤食物的地位比滾煮食物爲高，這乃是一項普同的文化特質。因此，只有在比較民主的社會裡，滾煮食物才有高的地位。「滾煮這種烹飪方式，可以把肉和肉汁完全保留下來；而燒烤方式却會造成破壞和損失。因此前者表示節儉，後者表示奢侈；後者有貴族氣派，前者有平民作風」！（T.C.:23）

這眞是奇特的想法。但如果我們接受李維史陀獨特的論證架構，那麼上面這段話就不像乍看之下那麼武斷了。因爲我們是人，因此是自然的一部分；因爲我們是人羣，因此是文化的一部分。人若要生存，就必須攝取食物；人羣若要生存，就必須使用社會範疇（這些範疇源於我們對自然成素所加的文化分類）。食物範疇的社會用途和交通訊號中顏色範疇的社會用途（見二五—二六頁）是對應的。不誇張的說，當我們吃食物的時候，我們會把自己（文化）和食物（自然）直接認同，因此食物是一種特別適當的「媒介」。也因此，在所有的人類社會裡，烹飪是把自然轉化成文化的一種手段，而烹飪的範疇常常特別適於作為社會性區分的符號來使用。

在另一本著作裡，李維史陀想要解除人類學研究裡有關圖騰制度這個概念的神秘性。功能論派認為圖騰物具有社會價值，是因為它們具有經濟價值。李維史陀批判了這種看法，他認為圖騰物之所以有社會價值，是因為它們的屬類在人們觀念中構成一組範疇：圖騰物並非「適於吃的東西」，而是「適於想的東西」。這跟上面有關烹飪三角形的整段話實在是同一論點的兩面。食物當然是「適於吃的東西」，但這一點本身並不能解釋我們在食物分類上所加上的複雜性；食物的**種類和圖騰種類**，都是「適於想的東西」⑦。（參閱下文四八—五二頁）

這是一種不常見的論述方式。我們必須承認，像李維史陀的其他著作一樣，這裡含有一點文字把戲的成分在內，我們應該特別小心，而不可過於狂熱。但讀者也不可以為「食物料理三角形」只是一個善用新奇比喻的大師所做的一場巧妙的心智遊戲（*jeu d'esprit*）。到現在，李維史陀已經提出了許多證據，用來支持下面這個論點：各個文化裡的食物處理過程、以及與此過程相關聯的食物範疇，都具有複雜的結構，支配這些結構的是普同的原則。無論李維史陀的分析方法看來多麼怪異，它却可作廣泛的應用。雖然到了一九六五年食物料理三角形才首次出現在李維史陀的著作中，在他較早的許多作品，我們却可找到相似的三角形。

李維史陀一九四五年所發表的論文（見A.S. 第二章），是他後來整個結構人類學的基礎。在這篇文章裡，三角形的三個角是**相互性**、**權利**、**義務**，其二元對立組是「交換／無交換」、「接受者／給予者」。『親屬的基本結構』（一九四九年）五七五頁有另一個三角形，其三角是**雙邊交表婚**、**父方交表婚**、**母方交表婚**，其二元對立組是「對稱／不對稱」、「交替／重覆」。『阿斯底瓦的故事』（一九六〇年）一文裡，有一個極爲複雜的三角形，結合了地理範疇和食物範疇的變數，其對立關係有下列幾組：「植物性食物／動物性食物」、「海洋／陸地」、「東方／西方」、「定義／無定義」。這絕不只是一場遊戲，李維史陀努力要建立語意代數的基本原理。如果文化行爲能够傳達訊息，那麼用以表達文化訊息的符號必定具有一代數結構。這一代數實際上的重要性，也許並不如李維史陀所設想的那麼高，但它絕不只是一套把戲。讓我們再回到最初的問題。

第三章　人性動物及其象徵符號

李維史陀在知識追求上所遭遇的主要難題，乃是歐洲哲學家一再要解答的問題；其實，如果我們接受李維史陀的看法，那麼這個問題是在任何地方、任何時候都困惑著人類的問題。這個問題非常簡單：人是什麼？人是一種動物，屬於「眞人」屬（*Homo sapiens*），跟猿類有密切的關連，跟所有過去、今天的生物種屬也有較疏遠的關連。但在另一方面，我們確信人是一種具有人性的東西（human being）；我們這麼說，顯然是認定人在某些方面並非「僅是一種動物」。人跟動物的差別又何在？與動物性對立的人性這個概念，固然很難用異族語言來表達，但李維史陀認爲，人性與動物性的對立關係——相對於「文化／自然」的對立關係——雖然不一定藉言語明白表達出來，卻一向潛藏在人們習慣性態度和行爲之中。人類的自我絕不是孤立的，每個「

我」都是「我們」的一部分⑧；事實上，每個「我」都是許多「我們」的成員。我們甚至可以說，這些我羣從每個方向向外無限擴伸，而包容了所有人和所有事物……「個人在羣體中並不孤立，一個社會在其他社會之中也不孤立；同樣的，人在宇宙之中也不孤立。」（W. W. :398）但實際上我們把這個連續體切割開來。我所屬的「我們」——我的家人、我的社羣、我的部落、我的階級等等，這些都是特殊的、優越的、文明的、優雅的，其他的都是像野獸一樣的野蠻人。

李維史陀所要探究的中心課題，就是這種自我崇拜傾向——自認爲具有人性、類似神祇、有別於禽獸——如何形成、改變、重覆的辯證發展過程。上帝把亞當和夏娃創造成無知的野蠻人，在他們居住的樂園裡，動物會說話，而且是人的伴侶。由於罪惡作祟，亞當和夏娃獲得了知識，此後才具有人性，變得和動物不同、比動物優越。但我們是否眞的「優越」？上帝依照自己的形像造人，但我們敢不敢說：當我們獲致人性（文化）之後，我們還是和上帝一樣？李維史陀以這點結束『憂鬱的熱帶』（這本書使他在狹小的人類學圈之外獲得國際性的聲譽）：爲了探究人性的本質，我們必須先回溯人和自然的關係。他在『神話邏輯』第三卷的最末一段話裡，又意味深長的暗示了這個主題。他指出：我們歐洲人從小就被敎導以自我和個人爲中心，因此「對外來事物的不潔有所恐懼」。我們常說「別人都是該死的畜生」，這句話正表明了這種態度。初民神話却含有相反的道德教訓：「我們自己是該死的畜生」⑨。「在這個人類急於摧毀無數生命形式的時代裡」，我們必須像神話那樣强調：「一種適切的人文主義並不是自然形成的，它必須把世界放在生命之前、把生命放在人類之前、把對他人的尊重放在自私自利之前。」（O. M.:422）到此，我們的困惑仍然存在：人性是什麼？文化和自然的界線何在？

李維史陀從盧騷獲得啓示，雖然他的想法也可說受了維科（Vico）、霍布士（Hobbes）、亞里斯多德及其他幾位先哲的影響。使人類有別於其他動物的乃是語言：

「誰要是說『人』，也就是說『語言』；誰要是說『語言』，也就是說『社會』。」（T. T.:421）

但是，當語言出現的時候，非但動物性轉變爲人性、自然轉變爲文化，同時，感性思考也轉變爲理性思考。「最初的語言都是詩的語言，理性思考是人類很久以後才想到的事。」（Rousseau, 1783:565）

李維史陀將盧騷的命題加以發揮。根據這一命題，人只有在能够使用隱喻（métaphor）作爲對比和比較的工具時，才會有自覺——亦即自覺是我羣的一員。

「在最初的時候，人感覺自己和與他相似的東西（盧騷明白指出，其中必定包括動物）是同一的，正因爲如此，人才能區別『自己』，像他區別『他們』一樣。換句話說，人才能够用物種的多樣性來作爲社會分化的概念支柱。」（T.：101）

由於古代原始人的思考程序，甚至要比猿猴的思考程序更難爲我們所掌握，因此盧騷的見解只能說具有詩的「眞實性」。但是這種系統發生學上的（philogenetic）議論，更與李維史陀對人類普同性的探求結合在一起。依照李維史陀的論點，人腦的普同結構特徵經由語言範疇的作用而轉變爲人類文化的普同結構特徵。但如果這些普同特徵確實存在，那麼我們就不得不將之視爲人性深處與生俱有的東西。也就是說，我們必須假定：在人類的演化過程中，當人腦裡控制咽喉、口腔、耳道的語言中樞逐漸發達時，人類的心理運作機構裡也同時形成由上述普同特徵所構成的模式。這不是合理的假設嗎？歸根究底，雖然人類並非生來就會某種語言，但人類生來就具有一種能力，能够學習發出有意義的聲音，以及理解別人所發出的有意義的聲音。

非但如此，尤有進者，如果杰科卜生的說法正確的話，人類幼兒學會控制音位的基本成素，乃是先掌握相同或極爲相同的一系列基本區別：如「子音／母音」、「鼻腔子音／口腔塞音」、「鈍音／銳音」、「密音／疏音」……其所以如此，恐怕不是由於本能，而是由於人類口腔、胸腔及關連肌肉的構造的「自然」結果。李維史陀要我們相信：所有人類思考過程中的範疇形成都根據同一個自然的途徑。這並不是說範疇形成的方式必然處處一樣，而是說人腦的構造使得人類會以一種特定的方式設立特定的範疇⑩。

所有動物都具有某種區分範疇的有限能力。任何哺乳類或鳥類都能够在適當的情境下認出同類、區別雌雄；有些還能够區別敵類。人類在學習說話的過程中，把這種範疇形成的能力發展到其他動物無法匹比的地步。但究其根源，個人的語言能力尚未相當發達以前，其範疇形成的方式必定是和動物類似的。在這個基礎的階段，個體（無論是動物或人類）所關心的只是非常簡單的問題：我類與他類的區別、支配和服從的區別、性對象有無的區別、可食之物和不可食之物的區別。在自然環境中，這一類區分是唯一和個體生存有利害關係者，但在人類世界裡，只有這些是不足够的。爲了人類（就別於動物而言）的生存，每一個社會成員都必須學會依照相對的社會地位來區分他的族羣。最簡單的辦法是把動物層次的範疇變換而應用在人類的社會分類上。這就是李維史陀用結構主義方法研究圖騰制度這個人類學老問題的要點。

根據實際觀察，各處人類對周遭的動植物都會抱著一種儀式性的態度。譬如說，英國人把動物分成這幾類：⑴野獸、⑵狐狸、⑶獵獸、⑷家畜、⑸玩賞動物、⑹害獸；他們對待各類動物依循著不同——而且常常是奇異的——規則。更進一步，如果我再列出下面這一組名詞：（1a）陌生人、（2a）敵人、（3a）朋友、（4a）鄰人、（5a）同伴、（6a）犯人，我們卽可發現上面兩組名詞具有某種程度的對應關係。藉隱喩的用法，我們可以（有時實際上就是這樣）把動物的範疇等同於人的範疇。李維史陀在學問上的貢獻之一就是指出這種動物範疇的社會化用途是極爲普遍的現象。李維史陀認爲這些事實雖然是我們熟知的，但却被誤解了。

原始民族用各種動植物來作爲人的範疇的象徵符號，他們這種慣俗實際上並不比我們的奇異。但在工藝未發達的環境中，原始民族的這種慣俗尤爲顯著，而且在弗萊哲同代的學者看來，是非常特別的。因爲如此，任何把人和其他自然種屬視同的社會現象，都被這些學者看成一種崇拜儀式（圖騰制度）：一種演化初期的人類才會有的原始宗教。從一開始學者就知道複雜的文化裡也含有「圖騰」行爲的成素，但早期作家把這些文化特質解釋爲遠古時代遺留下來的殘存成分。另一方面，他們認爲一般原始民族的「圖騰制度」構成了一個人類理性的基本問題。

爲什麼正常的人會對動植物「迷信崇拜」?爲什麼人會想像自己是袋鼠、小袋鼠、或大鸚鵡的後代?對這些問題學者提出了許多種可能的答案。范・紀內（Van Gennep, 1920）區別了四十一種「圖騰理論」，在他之後，新理論又增加了不少。這些理論大體可歸入兩類：

一、普同論（Universalist）的解釋認爲圖騰信仰及行爲是「幼稚」心態的表徵——這種心態是所有人類都會具有的特徵。

二、特殊論（Particularist）的解釋以功能學派的命題爲基礎。後者認爲：一個社會的圖騰制度會使這個社會對具有經濟價值的動植物具有關懷，因而使這些動植物不致遭受人類全盤毀滅。

顧登懷哲一九一〇年的論文（Goldenweiser, 1910）發表之後，第一類理論已經站不住脚。從那時一直到一九六二年，關於這個問題比較有貢獻的研究都只牽涉到個別社會（澳洲、Tikopia、Tallensi等）的民族誌記述，而不在普遍眞理的探究。芮克里夫布朗一九二九年的論文（Radcliffe-Brown, 1929）是一篇特殊的研究報告，因爲芮克里夫布朗在此企圖把功能論派的主張概推爲一般的法則。他把「圖騰制度」看作近乎普同性的現象來處理，認爲它是社會秩序和自然環境相互依存關係的儀式性表現。芮克里夫布朗在較晚的一篇論文裡（1951），把這一普同主義的理論大爲推衍，特別强調圖騰體系的分類性質。這篇論文在某些方面頗具有「結構主義」的色彩，是觸發李維史陀撰寫『圖騰制度新研』（1961）〔英譯 *Totemism*, 1964〕的重要因素。

李維史陀認爲：試圖把「圖騰制度」孤立爲**自體獨立**（*sui generis*）現象的人類學家都誤入了歧途；把「圖騰制度」看作一種宗教體系完全是人類學家的幻象。雖然如此，這個課題還是值得我們倍加注重，因爲圖騰信仰及行爲表現了人類思想的一個普同特徵。

李維史陀的說明並未使我們對澳洲土著圖騰制度的瞭解有何重要的增進，但他對芮克里夫布朗的論點加以重估，却使我們更易瞭解澳洲土著表面上奇特的思想範疇如何與我們較爲熟悉的範疇體系關連在一起。他的議論的要點在於：圖騰體系時常表達了上文（見四八頁）所指出的那種隱喻體系。本章稍後（五六—五九頁）將再詳細討論這種隱喻的形成。在此要附帶一提的是，李維史陀是在論及「圖騰制度」時，提出了他對結構主義方法要點的簡要說明（卽本書二九頁所引之文）。我們要特別注意他表面上對「經驗現象」的漠視。依他的看法，「分析的一般對象」是無意識「人類思考」中所存有的一種排列組合代數模型，而經驗事實只是排列組合的可能性之一例而已。這種捨經驗事實而注重概化抽象觀念的態度，貫串了李維史陀的所有著作。但我要提醒讀者，這可不是李維史陀自己的看法。他認為「人類思考」具有客觀的存在，它是人腦的一項屬性。我們可以研究、比較人類的文化產物，從而確定這種人類思考的屬性。因此，「經驗現象」的研究，是發現過程中的一個重要步驟，但只是達到目標的一個手段⑪。

讓我們回到盧騷把人看做一種語言動物的看法。直到幾年以前，人類學家一向在文化和自然之間劃上鮮明的界線：前者只有人類才具有，後者是所有動物（包括人類）共有的。根據懷特（Leslie White），這個區分——

「並非程度上的差異，而是性質上的不同。兩者之間的不同具有最重要的意味……人類使用象徵符號，這是其他動物所無。任何有機體，若非具有使用象徵的能力，就是完全沒有這種能力，兩者之間沒有介中的階段。」（White, 1949:25）

李維史陀在早期的作品中一再提及這個觀點——雖然在晚期的作品裡已比較不加以強調。特別足以顯示人類象徵思考之存在的，就是語言的使用；在人類語言裡，字辭代表（意味）「外在的」事物。符號不同於引發行為的刺激，所有動物對適當的訊號都會產生機械性的反應，這種過程並不需「象徵思考」。要能操作象徵符號，必須先能够區分符號和它所代表的事物，然後還要能認出符號和它所代表的事物之間具有一種關係。這是使人類思考有別於動物反應的最根本特點：也就是說，人類具有一種能力，能够分辨A和B，同時又能認出AB具有一種相互依存關係。

我們可以用另一種方式來說明人類和動物的這一點差別。當一個個體單獨向外在世界從事某項運作——譬如用鏟子在地上掘洞——這時他並不應用象徵化作用，但是一旦別的個體加入時，每一個動作，不管多麼細微，都具有把訊息從行動者傳遞給觀察者的功能。後者把觀察到的細節解釋為符號，因為觀察者和行動者之間有所關連。從這個觀點來看，任何人類環境中的動物，都可作為思考的對象（「適於想的東西」）⑫。

這種象徵解釋的能力是如何產生的？當李維史陀試圖解答這個似乎無法解答的難題時，他從涂爾幹及其弟子的著作借用了一些觀念，加以修正而後提出他的答案。某些二元概念是人性的一部分：譬如，男人和女人一方面是相似的，但另一方面却又是對立和相互依存的；同樣，右手和左手既是對立又有關聯。在實際社會裡，我們發現這類自然存在的二元對立組都具有文化的意義：它們被用來作為善與惡、允許與禁止等對立觀念的原始象徵。再者，在實際的社會裡，各個人是互有「關聯」的社會人：例如父與子、雇主與雇員等。這些個人藉「交換」而互相傳遞訊息；他們交換言語、交換禮物。這些言語和禮物能夠傳遞訊息，乃是因爲它們是符號，而不是因爲它們本身是某種事物。當雇主付給雇員薪水時，付薪這個動作**意味**著雙方的相對地位。但是，根據李維史陀的看法（如果我瞭解正確的話），最基本的象徵性交換乃是性的交換，其他交換都是以此爲模型。亂倫禁忌（李維史陀誤認爲這是「普同的」）這種制度意味人們能夠區分可以發生性關係的女人和不可發生性關係的女人，並由此衍生而把女人區分爲**妻子**和**姊妹**兩個範疇。人類交換行爲的**基礎**——也就是象徵思考的基礎及文化的起源——在於人類獨有的一種現象，即一個男人能藉交換婦女而與另一個男人建立起關係。我將在第六章再討論這一點。

這裡讓我再回到上面提及的一點：李維史陀似乎對一種可能性的代數（an algebra of possibilities）比對經驗事實更有興趣。他的理由是這樣的：在實際社會生活裡，個人之間無時無刻不藉符號的複雜組合而傳遞訊息。這些符號組合包括字詞、他們所穿的衣服、他們所吃的食物、他們擺置室內傢俱的方式等等。在任何特殊的例子裡，我們都會在這些不同層次的行爲之間發現某種一貫性。譬如在英格蘭，肯辛頓（Kensington）的中上階級以及里玆（Leeds）的勞工階級這兩種人，他們對上面所舉每個「符碼」（"code"）的運用，一定會有極不相同的風格。但每一個經驗的實例，都只是一組可能性之中的一種選擇而已；根據李維史陀和他的支持者，如果我們能探討已經觀察到的經驗事例和尚未觀察到的可能事例兩者之間的關係，那麼我們對前者的瞭解一定可更加深入。

談到這裡，我必須說些題外話。李維史陀關於人類如何能藉象徵符號傳遞訊息的看法，是從結構語言學及符號學（semiology，符號理論）專家所提出的論點發展而來。但這些專家所用的術語極不統一而混淆，因此我如果把一些相關的術語整理一下，想必對讀者有點幫助。

第一項基本區別是得・梭許（de Saussure）所提出的語言（*langue*）和言辭（*parole*）的區別。「英語語言」所指的是語詞慣例及用法所構成的全盤體系；從各個英語使用者的觀點而言，它是「既定」，而不是個人能爲自己創造的。語言的各部分都可以使用，但並非一定要使用。相反的，當一個人說出話的時候，他是在使用「言辭」。他從「語言」的整個體系裡選出某些語詞、語法規則、聲調、重音，把這些依照特定的秩序排列起來，然後就能藉發出的話語傳遞訊息了。

訊息理論也有符碼（code）和訊息（message）的區別，這跟上述語言和言辭的區別雖不完全相同，却極爲接近。事實上，如果我們把口說語言看成一套符碼，那麼它只是一套特殊的符碼而已：它是由聲音元素構成的符碼。除此之外還有許多他種可能的符碼。如我剛才所指出，我們用衣物、食物的種類、手勢、姿態等作爲符碼。這些之中的每一套符碼都是得・梭許所指的「一種語言」，而這些符碼的總合——即個體行爲者的文化——也是「一種語言」。

我在這裡所用的各個字眼——如「聲音元素」、「衣物」、「食物的種類」等——把許多事物包納在一起，因爲在我們的觀念中，這些事物具有相似的功能或「意義」，因此互相連結在一起。相反的，當我說出一句話而傳遞一項訊息——譬如「那隻貓坐在蓆子上」這句話——這時候我是把各個元素串連在一起，這並非因爲各元素之間有任何相似之處，而是由於語言規則造成的結果。這就是我下文要提及的「聯組鎖鏈」("syntagmatic chains")——它們是運用造句規則所形成的鎖鏈。

依照同樣的道理，在食物這套符碼裡，我們也必須做一樣區別。由於一種心理的連結作用，我們知道烤火鷄和煮鷄都是「食物的種類」(因此是一種語言的元素)。我們在此必須把這種心理連結作用跟特定語言的規則(文化)區分開來。後者的作用是不同的。譬如在英格蘭，這種規則規定烤牛排必須和約克郡布丁一起吃。又如這種規則也決定比較複雜的情況：聖誕節晚餐的菜式一定是先烤火鷄、然後紅葡萄乾布丁、然後碎肉餅。

也許許多讀者會覺得我在這裡用「語言」來指涉非口語的訊息傳遞形式有點混淆。事實上，巴爾特（Barthes）算是把結構主義一般論點闡釋得比較清楚的作者了，但他在『符號學要論』（Barthes, 1967）裡却用了另一套術語。看來讀者要覺得混淆也實在沒有什麼辦法了。巴爾特曾用一個表來說明非口語符號之隱喩的（metaphoric 或項類的 paradigmatic）及換喩的（metonymic 或聯組的 syntagmatic）兩種用法之關係，我將之略加修改，抄錄在下面（五七頁）。在巴爾特的原文裡，他所有的「體系」一詞具有兩種意義：一是指我在上文所說的「一種語言」，另一是指這一種語言的「詞類」——也就是物件的集合，相當於口語語言中的「名詞」、「動詞」、「形容詞」等由字詞構成的集合。在我修改過的圖表裡，加上引號的「體系」是上面的第一種意義，不加引號的則是第二種意義。圖表中的「聯組」一詞應用於非口語符號的集合體，它相當於口語語言中的「語句」（sentence）。

圖表裡A、B兩欄的區別對瞭解李維史陀的作品極爲重要，不過他所用的是另一套辭彙。巴爾特區分**體系**與**聯組**；相當於此，李維史陀區分**隱喩**與**換喩**，或者有時候是**項類系列**（paradigmatic series）及聯組鎖鏈（syntagmatic chain）（參見下文一一八頁）。雖然這些術語令人惱怒，原則却是很簡單的。照杰科卜生所說，**隱喩**（**體系**、項類）以**類似性**的認識爲基礎，換喩（

聯組構造（syntagm）與體系（system）

（引自 Barthes 1967:63.〔　〕內的字語係作者所加）

	〔A〕 體　系 〔詞類：名詞、動詞等〕	〔B〕 聯　組 〔語句〕
衣物 「體系」 〔語言〕 〔符碼〕	身體上一個部位所穿戴衣物之各種式樣（例如各種式樣的帽子）所構成的集合。一個集合之內元素的變化（如狹邊小圓帽——軟帽——頭巾等）相對應於全身穿著之意義的不同。	不同元素並列在一起，形成一類型的衣著。如：裙子——短衫——短外套。
食物 「體系」 〔語言〕 〔符碼〕	具有類似性或差異性的食物構成的集合。我們因不同的考慮而從這集合內選出一樣菜。例如主菜的形式：烤的或甜的。 飯店的「菜單」實際上是兩者兼顧的：我們如果將菜單從左往右讀，各樣菜所構成的相當於體系；如果從上往下讀，各樣菜所構成的則相當於聯組。	選完菜後眞正的上菜順序。這就是菜式。
傢俱 「體系」 〔語言〕 〔符碼〕	一種傢俱（例如床）之不同「風格」形態所構成的集合。	不同類的傢俱並列在一個空間之內，如：床——衣櫃——桌子等。
建築物 「體系」 〔語言〕 〔符碼〕	建築物之一部分各種形樣的變化；屋頂、陽臺、大廳等的各種樣式。	整個建築物各部份的排列形式。

聯組）以連接性的認識爲基礎。（Jakobson and Halle, 1956:81）

李維史陀認爲在神話及一般初民思想的分析裡，我們必須區分這兩極。譬如說，如果我們想像一個由超自然物居住的世界，我們可以用許多方式來描述這個世界：我們可以說它是由鳥、或魚、或野獸、或「像」人的東西所構成的社會。無論我們怎麼說，我們都是在使用隱喻。這是象徵化的一種方式。在另一種場合，我們的聽者知道一個特殊的聯組（語句）是如何由「體系」（語言、符碼）的元素所組成，因此能從部分而得知整體：基於這項事實，我們乃採用另一種象徵化方式——這就是換喻。譬如，我們說「王冠代表主權」乃是基於一項事實：卽王冠與其他衣物合而構成國王的制服，這是一個獨特的聯組鎖鏈。因此，縱使我們把王冠抽離這個脈絡使用，它還是能够意指它所屬的全體。這種隱喻和換喻的對立，當然不是非此卽彼的區別；任何訊息傳遞的過程，都常同時包含兩者的一些因素，不過對兩者的强調可能會有顯著的不同。如前所說，「王冠代表主權」這句話主要是換喻的；與此相對，「女王蜂」這個觀念則是隱喩的。

這些觀點與早期人類學的一種研究方式有相似之處。弗萊哲研究原始巫術的鉅著（『金枝集』節本十二頁）是以一個論點爲起始，他認爲巫術信仰所根據的是兩種（錯誤的）觀念連合：模擬巫術（homeopathic magic）根據相似律（law of similarity），接觸巫術（contagious magic）則根據接觸律（law of contact）。實際上，弗萊哲的「模擬／接觸」區分就等於杰科卜生和李維史陀的「隱喩／換喩」區分。弗萊哲和李維史陀都認爲這一類區分對「原始思想」的理解工作非常重要，這一點意味頗爲深長。

這一些到底和李維史陀對象徵化過程的全般看法有何關係？

首先，我們必須瞭解，這裡所提的二次元——即一方面是由「隱喩的——項類的——和聲的——相似的」構成的軸，另一方面是由「換喩的—聯組的—旋律的—接觸的」構成的軸——是和我們在第二章裡建構那幾個結構三角形所依據的邏輯架構一致的。譬如在圖三裡（三六頁），「文化／自然」這隻軸是「隱喩的」，「正常／變形」這隻軸則是「換喩的」。對李維史陀來說，這個相同的架構在此處有更直接的重要性，就是它能提供我們理解圖騰制度和神話的線索。一項圖騰儀式或一則神話如果看作個別的文化項目，則是聯組的——由一系列細節連結而成的鎖鏈。在這裡，動物和人類可以互相代換，文化和自然混淆在一起。但如果我們把一組儀式和神話集中，一一重疊起來，那麼我們就可以看出「項類的—隱喩的」模式——在這裡我們發現動物的不同遭遇乃是人們不同遭遇的代數變換。

或者我們也可以從相反的方向來進行。如果我們從一組特定的習慣行爲系列下手，我們必須把它看作一個聯組：它只是一組文化殘存物——這些本身只是歷史的殘存物——中模式關係的一個特例。如果我們考察這個特例，以代數的觀點考慮其構成要素的排列方式，我們將會找出一個全盤的體系，一個主題及其變型，一組項類（隱喻）——而我們的特例只是其中的一例。如此，我們就會注意到所有其他可能的變型，然後我們再回頭檢驗民族誌資料，看看這些其他的變型是否確實發生。如果答案是肯定的，我們就可以確定我們所建構的代數模型對應於所有人類頭腦的一些根深蒂固的組織原則。

這些在理論上看來是可信的，但在實際上却有兩個相當重要的問題。第一，在這項分析過程的最後階段，我們可以很容易使理論和證據看起來像是一致的，但我們却很難去證明它們並不一致。因此邏輯實證論者可以辯稱李維史陀的理論多少事無意義：因爲歸根究底我們無法充分檢證這些理論。

第二，我們很難明白全盤體系、「分析的一般對象」（見二九頁）、基本的代數結構（特定的文化產物只是這結構的部分表徵）所確指的是什麼。這個結構存在何處？對於所有文化體系我們都可以提出這個問題。得・梭許所說的「一種語言」（見五五頁）存在哪裡？對任何特定的個人而言，全體的語言是外在於他的；用涂爾幹的話來說，它是所有說這個語言者的集體意識（

conscience collective）。

但李維史陀對任何特定社會體系的集體意識並不太感到興趣，他的目的毋寧是要發現「人類心靈」（*l'esprit humain*）的集體**無意識**。他的對象並非僅是一種語言的使用者，而是所有語言的使用者。

基於這項研究的性質，有時候李維史陀所說的話，彷彿是把心靈看成具有一種自律性，能够超離任何個人而獨立活動。例如：

> *Nous ne prétendons donc pas montrer comment les hommes pensent dans les mythes mais comment les mythes se pensent dans les hommes, et à leur insu* (C.C. :20).

這段話有兩種已刊行的英譯：

㈠「我們並不是要指出人如何想神話，而是要指出神話如何在人們不知不覺之中自己想

出來。」（Y. F. S. :56）

㈡「我所要指出的並不是人如何在神話之中思考，而是要指出神話如何在人們心靈中運作，而人們却不知道這件事。」（R. C. :12）

李維史陀的法文原文頗為曖昧。"*Comment les mythes se pensent dans les hommes*"雖可譯作「人類心靈中如何思考神話」，但這樣却無法充分表達出李維史陀所暗示的神話自主性。神話的自主性是個重要的問題。李維史陀似乎認為：文化現象——特別是神話——的變異，乃是一個共同結構的自生型態變化。為了說明此點，他曾引述湯普生（D'Arcy N. Thompson）關於魚類形態的討論（H. N. :606）⑬。李維史陀既認定神話有自主性，即表示他可以忽略特定變異型態的文化系絡。在他看來，我們所觀察到的差異，並非緣於演化適應或功能需要而產生，而純粹是人類思考之數學運作的結果罷了。在李維史陀眼中，「人類心靈」猶如一架隨意運作的電腦，它在「對事實毫無知覺」的情況下，衍生出種種組合變異；至若「人類心靈」的本質到底為何，則李維史陀並無說明。英美方面批評李維史陀的人——即註⑪所說的「經驗主義者」——却抱持著迥異的看法。他們認為：無論在生物或文化方面，一種結構型態的地域性變異，必然是為了在功能上適應當地環境而產生。更進一步言，我們必先考察了地域的環境情況，才能進而瞭解當地的生物上或文化上之特殊型態。對這些批評者而言，單從抽象層次去考究結構型態的諸般變換，是不足爲師的研究方法。

但是李維史陀堅決否認自己是個觀念論者。因此，我們不得不假定：他所提出的「人類心靈」之神秘運作，大概就是人腦一般機能的運作吧。我想其論點的涵義大概是這樣的：

在演化過程中，人類發展出一種獨特的能力，他們能夠藉語言和符號傳遞訊息，而不只是藉訊號和機械性反應。爲了要有這種能力，人類頭腦的機能（這是我們尚未瞭解的）必須具有區分「＋／－」的能力、處理由這項區分而形成的二元對立組的能力、以及像矩陣代數一般操作這些「關係」的能力。我們知道在聲音模式的場合，人腦能夠進行這項運作；結構語言學已經證明這是有意義言辭之形成的一個（也是唯一的）基本要素。因此我們可以假定在其他使用非口語文化元素來形成「符號語言」的場合，人腦的運作方式大體是一樣的；並且，最基本的關係體系——也就是上文所說的代數本身——乃是所有人腦的一項屬性。但是（這裡與隱喩及換喩有所關聯），從我們理解言辭、特別是理解音樂的方式，我們也知道人腦能夠同時收聽和聲與旋律。在和聲上，聲音聯結的方式（也就是將交響樂譜從上往下讀）是隱喩的。用五七頁圖表裡的術語來說，和聲裡的音符是屬於一個聲音體系，這個體系所含的聲音是交響樂隊的所有樂器都可以奏出的。但在旋律上，聲音連接的方式（也就是將樂譜由左向右讀）是換喻的。用圖表的術語來說，旋律裡的音符形成一個聯組鎖鏈，是一種樂器單獨連續演奏的。李維史陀的大膽命題是這樣的：人腦的代數模型可以用一個矩陣來表示，這個矩陣至少有兩個（也許更多）向度，可以像塡字遊戲裡的字一樣上下或左右「閱讀」。李維史陀認爲我們很明顯的是以這種方式處理聲音（我們聽字詞和音樂的方式），因此我們在操作聲音以外的文化範疇以傳遞訊息時，其方式也很可能是同樣的。

這是一種極端化約論的看法，但它不但可以說明在特定文化裡文化象徵如何傳遞訊息，更可以究極的解釋文化象徵是如何傳遞訊息的。我們分析任一文化的材料後所發現的關係結構，乃是同屬一組的其他可能結構的代數變型，而這個共同的結構組所形成的模式，正反映了所有人類頭腦之機能的一項屬性。這是一套雄大的構想，至於它是否有用，却是見仁見智了。

第四章　神話的結構

李維史陀的神話研究和佛洛伊德對夢的闡釋具有同樣的魅力，也具有同樣的弱點。第一次接觸佛洛伊德，我們總覺得他的論點極有說服力；他的著述理路清晰，我們覺得不可能有錯誤之處。但是慢慢的我們就開始懷疑。假定佛洛伊德有關象徵聯想及意識、無意識、前意識三個層次的整套論點是完全錯誤的，我們能不能證明它是錯誤的？如果這個問題的答案爲否，我們就要自問心理分析學派關於象徵形成及自由聯想的理論是否只是一套巧譎的議論而已。

李維史陀關於神話結構的討論確實是很巧譎的議論，它是否僅是如此，目前還不能下定論。神話是個意義混淆的名詞。有些人把神話看作假的歷史——關於過去的不實故事。如果說某件事是「神話的」，也就等於是說它未曾發生過。神學上的用法則頗不相同：在此神話被看作是宗教神秘的敍述——「以可觀察的現象來表現不可觀察的實在。」（Schniewind, 1953:47）這跟人類學家認爲「神話是神聖故事」的普通看法頗爲相近。

如果我們接受上述第二種定義，那麼神話的特質並不在於它的虛假性，它的特質毋寧在於：對於相信的人，神話具有神聖的眞實性，但對於不相信的人，它只是神仙故事而已。以眞僞來區分歷史和神話是武斷的。幾乎所有人類社會對他們的過去都有一套傳述；像聖經一樣，它以創世故事起始。從所有角度來看，這必然是「神話的」。但接著創世故事的是關於文化英雄（例如大衞王和所羅門王）功績的傳說，這些傳說就可能具有一些「眞實歷史」的根據。再接下去是關於某些事件的傳述，這些事件被看作是「完全合乎史實的」，因爲在別的地方也可找到這些事件的記錄。基督教的新約從一個角度看是歷史，從另一個角度看是神話；要在兩者之間劃上明顯界線是輕率之舉。

李維史陀把注意力集中在「無歷史社會」，也就是像澳洲土著和巴西部落民族這類認爲自己的社會沒有變遷、認爲現在是過去之延續的民族，因而逃避了這個神話和歷史之關係的問題。依照李維史陀的用法，神話並不存在於具有年代順序的時間之中，它和夢及神仙故事具有一些共同的特徵。特別是，支配正常人類經驗的自然與文化之區分，在神話裡多半會消失掉。在李維史陀的神話裡，人類與動物交談、與動物成婚、住在海上或天空、做常人所不能的事。

在這裡及其他地方，李維史陀所究極關心的是「集體現象的無意識性質」（S.A.:18）。像佛洛伊德一樣，他想要發現對所有人類心靈都能應用的思考形成原理。這些普遍原理（如果它們存在的話），在我們的頭腦以及南美洲印弟安人的頭腦裡，都同樣的運作著。不過，由於我們生活在技術高度發達的社會裡、以及在學校或大學裡受教育，在這種情況下我們所接受的文化訓練，使得我們的思考已不表現原始思想的普遍邏輯，而是表現我們社會環境的人造情況所要求的各種特殊邏輯。如果我們要探掘原始普遍邏輯的純粹形式，則必須考察非常原始、技術未發達之民族（像南美洲印弟安人）的思考程序。神話研究只是達到這個目的一條途徑。

李維史陀認爲所有人類共同具有一種普遍的、內在的非理性邏輯，而原始神話正表現出這種非理性邏輯。如果我們接受這個一般的命題，我們還是面對著許多方法上的困難。神話（李維史陀所意味的神話）在起始時是一種與宗教儀式有關聯的口說傳述，故事本身通常是經過長久年月用原始民族的語言傳述下來的。這些故事到了李維史陀或任何分析者的手中時，已經被縮短、改用通行的歐洲語文記錄下來。在這過程中，這些故事已經脫離了原來的宗教脈絡。這種情況非但發生在李維史陀『神話邏輯』所討論的故事裡，我們比較熟知的希臘、羅馬、古斯堪地那維亞神話也是一樣。雖然如此，李維史陀還認定他所分析的故事仍然保留著原有的結構特徵，因此，只要我們用的方法正確，我們可以將這些變貌的故事拿來比較，進而發現一種普遍、原始、非理性邏輯的特性。

對於這種似乎不可信的見解，我們只能從它的應用性來評價。我們把李維史陀的分析方法應用到實際的人類學材料時，如果能獲得前所未有的見識，而且這些新見又能啓發我們對先前未曾考慮的其他相關民族誌材料的瞭解，那麼我們可以說這項研究是値得的。同時我還要指出，李維史陀的方法在許多場合是有這種結果的。

就李維史陀所看，問題大體上是這樣的。如果我們從表面上考察一組神話故事，我們所得的印象是這些故事包含許多不同的微小事件、一連串重複、以及反復敍說非常基本的主題：兄弟姊妹之間或母子之間的亂倫關係、弒父、弒兄弟、食人……李維史陀認爲在故事的表面意義背後必有另一種無意義（參見上文三八頁）、一種用符碼傳遞的訊息。換句話說，他和佛洛伊德一樣認爲神話是一種集體的夢，它一定可加以闡釋而揭露隱藏的意義。

關於符碼的性質以及可能的闡釋方式，李維史陀的看法有幾個來源。

第一個來源是佛洛伊德。神話所表達的是與意識經驗不相合的無意識願望。在原始民族之間，政治體系的持續必須依賴於親屬小羣體間聯合關係的持續。這些聯合關係靠交換婦女而創造及鞏固：父親將女兒送出、兄弟將姊妹送出。但如果男人要把婦女送出以便達到社會政治的目的，那麼他們必須不可把這些婦女保留爲性關係的對象。因此，亂倫禁忌和外婚制度乃是同一件事的兩面，而亂倫禁忌（關於性行爲的一項規則）是社會（社會及政治關係的一種結構）的基石（參見第六章）。這個道德的原則意味著：在想像的境況裡，「第一個男人」必須有一位不是他姊妹的妻子。但若如此，則任何關於「第一個男人」或「第一個女人」的故事都必然包含了一項邏輯的矛盾。因爲如果他們是兄妹，那麼我們都是太古時代亂倫關係所生的後代了。另一方面，如果他們不是同一個來源所生，則他們之中只有一位是第一個人類，另一位必定是（在某種意義下）人類以外的東西。因此，聖經所載的夏娃是亞當肉體的一部分，他們的關係是亂倫的；而聖經未記載的莉莉絲（Lilith）則是魔鬼⑭！

另一項類似的矛盾是生命的概念蘊涵著死亡的概念。生的東西就是非死的東西，死的東西就是非生的東西。但宗教却試圖區分這兩個本質上互相依存的概念，因此神話裡有關於死亡之起源的描述，也有神話把死亡當作「永生之門」。李維史陀論稱：當我們考察原始神話普同的一面時，我們必定會一再發現，神話內隱藏的訊息都是關於上述這類不受歡迎的矛盾的解決辦法。神話裡的重複和遁詞把問題遮掩住，因此當它明白表達不可解的邏輯矛盾時，我們也無法覺察到。『阿斯底瓦的故事』（一九六〇）對許多人來說是李維史陀關於神話分析的文章裡最滿意的一篇，這篇文章的結論是：

「土著心靈所認知的所有矛盾——地理的、經濟的、社會的、甚至世界觀的這一些極不同層面的矛盾，歸根究底都可以化歸爲一項較不明顯、但却非常眞實的矛盾：卽母方表親婚所要解決而不能解決的矛盾。神話承認了這項失敗，這正是神話的功能所在。」（G.A.:27-8）

但這裡所說的「承認」是很複雜的，李維史陀還必須用兩頁的篇幅詳細論說，以使讀者（而且是已經掌握所有相關證據的讀者）相信這才是神話所要表達的眞義。

李維史陀關於這個題目之想法的第二個根據是從一般訊息理論借用過來的論點。神話並不僅是神仙故事，它還含有一項訊息。雖然我們不很清楚是誰在傳送訊息，但我們却知道是誰在接收訊息。初踏入社會的年輕人，當他們第一次聽到神話時，他們是在接受傳統傳承者的灌輸——這個傳統，至少在理論上講，是由遠古時代的祖先留傳下來的。因此我們可以把祖先（Ａ）設想爲訊息的「傳送者」，而現在的世代（Ｂ）是「接收者」。

再讓我們想像有Ａ、Ｂ兩個人，Ａ想要把一項訊息傳送給相離甚遠的Ｂ；又假設這項傳遞受到各種干擾——風聲、車聲等等。在這情況下Ａ該怎麼辦？如果他是個明智的人，他就不會只把他要傳送的訊息喊叫一次，而會喊叫數次，每次用不同的話來表達，甚至用可看見的訊號來補充。在接收的一方，Ｂ極可能略微誤解每次傳送的訊息，但當他把各次的訊息集中在一起，他會從內容的重複，它們之間的一致和不合之處明白對方「眞正」在說的是什麼。

譬如說，假設Ａ所要傳送的訊息包含八個要素，Ａ每次向Ｂ喊叫時，訊息的不同部分受到雜音干擾，因此Ｂ所接收到的就像是交響樂譜裡的一組「和絃」所構成的模式：

1	2		4			7	8
	2	3	4		6		8
1			4	5		7	8
1	2			5		7	
		3	4	5	6		8

李維史陀認爲一組神話構成這樣的一個「交響樂譜」。社會的年長者集團經由宗教制度而無意識地向年輕一輩傳遞訊息，從神話的整個「樂譜」，而不是任一則特定的神話，我們才可看出他們所傳遞的基本訊息。

一般英美派的社會人類學家——即李維史陀極力批評的功能論者——大多能同意李維史陀到此的主張。但當李維史陀忽視文化的時空限度時，他們就比較無法接受他的研究方法了。

在前擧『阿斯底瓦的故事』一文裡，李維史陀用了四十頁的篇幅來分析完全屬於一個特定文化的一組神話，其結果著實令人嘆服。但當他像弗萊哲一樣，在全世界的民族誌資料裡涉獵，挑選出風俗和故事的片斷，用來證實他所假設的人類心靈結構中所含有的單一訊息，這時候大部分英國方面的追隨者就無法亦步亦趨了。下面是後一種研究方式的一例：

「像古代中國及某些美洲印弟安人社會一樣，歐洲一直到最近還有一項風俗：這是一種儀式，其過程包括斷食、使用黑暗的道具（*instruments des tenèbres*）、然後將家裡爐火熄滅、再點燃。」（M. C. :351）

「黑暗的道具」這個概念所指的是十二世紀歐洲的一項風俗：在耶穌受難節和復活節前夕之間，一般教堂的鐘都不鳴放，而改用其他各種發出雜音的器具，這些雜音被認爲可以使信徒想起基督死亡時所發生的異象和恐怖聲音。（M.C.:348）在上面所引的話裡，李維史陀把這個中古歐洲的基督教概念加以推廣，全世界上凡是被用來宣告儀式之開始或結束的樂器，都被李維史陀包括進「黑暗的道具」這個範疇之內。接著，李維史陀要我們注意世界各地民族在斷食前後把燈光和爐火熄滅、重燃的時候，也有用樂聲來作訊號的風俗。最後他又回到歐洲的例子，而說在非歐洲的例子裡也使用「黑暗的道具」。這整個論證是循環的，因爲李維史陀所使用的「黑暗的道具」一詞的運作定義，已經預先假定了「黑暗的道具」和斷食兩者相結合的普遍性。

我們對四卷『神話邏輯』的極大部分，都可以提出這一類批評。坦白說，這一部研究美洲神話的鉅著，總共在二千頁左右的篇幅裡提及了八百一十三則不同的神話故事及其變型，常有淪爲『金枝集』現代翻版的趨勢，而且還可能包含後者在方法學上的所有缺點。李維史陀當然自知會受到這種批評，在『神話邏輯』第三卷裡（O.M.:11-12），他頗花了一點篇幅來辯護一項驚人的主張。他說：有一則土庫納族（Tukuna）神話在原來的南美洲脈絡裡「無法加以解釋」，但當我們把它放入一個由北美洲神話所剖析出的「項類」時，就變得可以理解。我想只有最沒有批評精神的信徒才會被這種議論說服。但是話說同來，神話的結構分析是值得我們愼重注意的。這話又怎麼講?

我將用具體的例子來說明，但我必須先强調兩點。第一，要對李維史陀的方法作一個全盤的說明必須花相當大的篇幅，我所舉的粗略例子無法顯示其分析技巧的微妙之處。第二，李維史陀的方法並不是嶄新的。四十多年前，英國的霍卡特（Hocart）和拉格蘭爵士（Lord Raglan）、以及俄國的民俗學家普洛普（Vladimir Propp參見V. P., 1960），都曾向同樣的方向摸索過。其後，廸梅日（George Dumézil）——李維史陀在法蘭西學院的先輩同事之一——也開始發展出一套在許多方面和李維史陀相似的觀念。不過，李維史陀把他所從事的理論分析推展到其他人所不及的地步。

在李維史陀第一篇關於神話的論文裡（S. S. M., 1955），他對伊底帕斯王的神話做了一項非常簡短的結構分析，用來作爲例子之一。李維史陀至今很少把他的方法運用到英美讀者大體熟悉的神話，因此我們就以這個難得的例子做開始。下文相當忠實的依循李維史陀的敍述，我只在他的論點似乎特別晦澀之處加進了一些修改。

首先，李維史陀認爲我們可以把神話（任何神話）化分成片斷或事件，每一個熟知這則神話的人都會同意這些事件是什麼。每一則神話裡的事件都指涉到神話裡各個角色之間的「關係」、或者特定個人的「地位」。我們所要注意的焦點就是這些「關係」和「地位」，而各個角色通常都是可以互相代換的。

在伊底帕斯神話⑮這個特殊的例子裡，李維史陀舉出了下列這些構成一個聯組鎖鍵的片斷：

1.「卡達摩斯尋找他那位被宙斯擭走的妹妹歐羅芭」
2.「卡達摩斯殺死龍」
3.「史巴托依（龍牙種在土中所生出的幾個男人）互相殘殺」
4.「伊底帕斯殺死他的父親雷奧斯」
5.「伊底帕斯殺死史芬克斯」（但是在實際的神話裡，史芬克斯是在伊底帕斯回答了謎題之後自殺的。）
6.「伊底帕斯與他的母親嬌卡絲特結婚」
7.「艾特奧克斯殺死他的弟弟波里尼克斯」

8.「安蒂岡妮不顧禁令埋葬她的哥哥波里尼克斯」

李維史陀也提醒我們注意下面三個名字的特異性：

9. 拉布達科斯——雷奧斯之父——＝「跛脚的」

10. 雷奧斯——伊底帕斯之父——＝「左撇的」

11. 伊底帕斯　＝「腫足的」

李維史陀承認他選出這些人物和事件多少是武斷的，但他辯稱：如果我們再加進其他事件，那也只是我們已經舉出之事件的變型而已。這確是實言。下面就是變型的例子：伊底帕斯的任務是殺史芬克斯，他藉回答謎題而達成這項任務。根據某些專家的說法，謎題的答案是「小孩長大爲成人，成人再長大爲老人」。於是史芬克斯自殺。然後伊底帕斯（「小孩長大變成了成人」）與母親嬌卡絲特結婚；當伊底帕斯得知這個謎的答案（譯按：卽得知嬌卡絲特是他自己的母親），嬌卡絲特自殺，而伊底帕斯挖出自己的眼睛變成老人。同樣，如果我們追尋安蒂岡妮的命運，我們會發現：安蒂岡妮違背舅父克列昂的命令「埋葬」了亡兄之後，她自己也轉而被克列昂活埋，終而自殺身死；跟著他的未婚夫表兄海蒙以及海蒙的母親尤利廸克也相繼自殺。

但是我們該到何處停止？在另一則神話裡，海蒙是被史芬克斯所殺，又在另一則神話，安蒂岡妮替海蒙生了一個孩子，這個孩子被克列翁所殺，又……

因此，我們還是停在李維史陀自己的故事綱要裡。他把他舉出的七個片斷整理成四欄，如下表：

Ⅰ	Ⅱ	Ⅲ	Ⅳ
(1)卡達摩斯——歐羅芭		(2)卡達摩斯——龍	
	(3)史巴托依		(9)跛腳的拉布達科斯
	(4)伊底帕斯——雷奧斯	(5)伊底帕斯——史芬克斯	(10)左撇的雷奧斯
(6)伊底帕斯——嬌卡絲特	(7)艾特奧克斯——波里尼克斯		(11)腫足的伊底帕斯
(8)安蒂岡妮——波里尼克斯			

然後他指出：表中Ⅰ欄的各項事件都是具有亂倫性質的違犯行爲——「親屬關係的高估」。這與Ⅱ欄的各項事件正好相反；後者的違犯行爲具有弒殺兄弟、弒殺父親的性質——「親屬關係的低估」。Ⅲ欄的共同要素是人毀滅怪物，Ⅳ欄裡的人物本身都有反常的特點，多少也可以算是怪物。李維史陀在這裡提出了一個以弗萊哲類型大規模比較民族誌爲基礎的一般命題：

「在神話裡，凡是從地裡生出的人都具有一個普遍的特徵：就是當他們從地底露出時，若不是不能走路，就是步行很笨拙。普布羅族（Pueblo 譯按：美國西南部印弟安族）……以及瓜求圖族（Kwakiutl譯按：北美西北部印弟安族）神話裡的地中人物就是如此……」

李維史陀認爲這一點也解釋了上述三個名字的怪異性（9.10.11.）。無論如何，Ⅲ欄裡的怪物都具有半人半獸的性質，而播植龍牙的故事暗示了人類由土地生出的理論——史巴托依不靠人的幫助而從地裡生出來。相對的，伊底帕斯出生後卽被丟棄在野外、兩脚被釘在地上（這是其腫足的由來），這個故事暗示著伊底帕斯雖然是由女人所生，他還是不能完全脫離自然的土地。

因此李維史陀說：Ⅲ欄裡的怪物被擊敗，它意味著對人類由土地所生這個理論的否定；而Ⅳ欄却意味著對人類由土地所生這個理論的堅持。因此Ⅳ是Ⅲ的反面，正如Ⅱ是Ⅰ的反面一樣。經由這種析理入微的邏輯演算，我們最後得到這個等式：

Ⅰ／Ⅱ∷Ⅲ／Ⅳ

李維史陀認爲這個等式具有代數以外的意義 。古希臘人的宗教信仰認定人類是由土地所生的；第一個人有半截身體是蛇，他像植物一樣從地裡生出來。因此需要解決的難題是：

「希臘人一方面有這種宗教信仰，另一方面又知道事實上人是男女結合而生的，那麼如何在這兩者之間獲得協調？雖然這個問題乍看無法解決，伊底帕斯神話却提供了一種邏輯的工具，把原來的問題——從一而生或從二而生——跟另一個衍生的問題連結在一起：從異而生或從同而生。根據同樣的道理，『血緣關係的高估』之於『血緣關係的低估』，就如同『企圖逃避人類土生起源理論』之於『這種企圖之不可能』。雖然經驗與理論不合，但社會生

活與宇宙觀具有同樣的矛盾結構，因此前者證實了後者，而宇宙觀也成爲眞實的了。」（S.A. :216）⑯

讀者如果覺得這段話有點像愛麗絲童話裡的辯論，那麼他的看法並沒錯誤。這本童話的作者卡洛爾（Lewis Carroll）也是一個數學家，他是一種二元邏輯的創始人之一。李維史陀學派的論說與現代電腦科技都是以這種二元邏輯爲基礎建構起來的！

我們必得承認，像這樣薄弱的議論幾乎是無法理解的，但就像我在三八頁說過的，讀者也許要懷疑在無意義的背後有一個意義吧。李維史陀未進一步研究古典希臘神話，也許是因爲這些神話故事流傳到我們手中的時候，已經經過刪改，所含的變元非常少了。相對的，作爲他神話研究主要舞臺的南美洲神話，却含有較多的變元。他特別指出南美洲神話的這些變元：

1. 以相對地位、友情與敵意、性關係之可能性、相互依存性爲準則的一組人際關係——可以直接或藉置換的形式，用下列各種變元在神話裡表現出來：

2.不同種類（或種屬）的人、動物、鳥、爬蟲類、昆蟲、超自然物之間的關係；

3.食物範疇之間、食物料理方式之間、以及火之使用與不使用之間的關係（參見三七頁）；

4.動物叫聲自然形成或樂器演奏人爲形成的聲音及沉默範疇之間的關係；

5.嗅覺及味覺範疇之間的關係——如快悅／不快、甜／酸等；

6.人類穿衣及裸身的方式之間、做衣服材料的動植物之間的關係；

7.人體機能如飲食、排洩、嘔吐、性交、生產、月事等；

8.景觀、季節變化、氣候、時間交替、天體等範疇之間的關係……

或者上列任何指涉架構的結合。李維史陀南美洲神話分析的主要目的，並不在證明這種象徵化活動是實際發生的，因爲佛洛伊德及其門徒早已宣稱證明了這一點。他的目的毋寧是要證明上述變換是依循嚴格邏輯規則的。

李維史陀在探掘這種隱藏的邏輯時，表現了極卓越的才能，但他所提出的論述却極爲繁複，而且很難加以評價。

我們能否將此一分析體系化約爲簡單的模型，而同時還能向讀者傳達全般的內涵？在原來的論文裡，李維史陀簡短討論伊底帕斯故事之後指出：

「如果一則神話是由它的所有變型所構成，那麼結構分析就必須對這些所有變型都加以考察。分析了底比斯故事的所有已知變型之後，我們必須同樣的分析其他故事：首先是拉布達科斯的傍系親族——包括阿潔芙、潘瑟斯及嬌卡絲特本人——的故事；底比斯城市創設者安非昂、濟索斯與李科斯之間的故事；關於戴奧尼索斯（伊底帕斯的母方表親）的比較遠的變型；以凱克洛普斯取代卡達摩斯的雅典傳說。對於上述各個故事，我們都可以畫出相似的圖表，然後加以比較，最後再依比較的結果來修正圖表……」（S. A. :217）

李維史陀在『神話邏輯』中分析美洲材料所依據的方法架構，即是此段引文所述方法的修訂者。第一卷由一則南美波洛洛族的神話（編號M. 1參見註⑭）下手，然後分析其種種變型。李維史陀一再强調這個主題：「烹飪活動被看作是天與地、生與死、自然與社會之間的中介活動。」（R. C. :64–65）第二卷繼續考究同一組主題的更複雜變奏，第三卷則轉而以北美神話爲分析對象，第四卷又轉回頭。第四卷從一則北美西北部的神話（編號M. 529參見註⑭）開始，分析了一連串變型之後，再把讀者引回南美洲。在此，李維史陀依然強調烹飪是轉變的手段，而『裸人』這個標題，則使讀者注意到一再出現的等式：赤裸／著衣＝自然／文化。到最後，李維史陀聲稱他已經證明這一大堆神話故事合而構成一個體系。從原則上而言，我們可以把這套分析無限擴展，因此若將之用於古典希臘神話的分析，絕無荒誕之處。事實上，歐洲古代神話的某些著名主題，確可在美洲神話中找到回響（Hultkrantz, 1957）。

無論如何，奧斐斯故事裡充滿了二元的對立關係，因此似乎特別可利用李維史陀的方法來研究：

奧斐斯是溫和的阿波羅的兒子，但却追隨狂野的戴奧尼索斯，與之認同。

他利用音樂把妻子從冥界救出，但却由於沉默——「沒聽見身後她的脚步聲」——而失去她。

他是個忠實的丈夫，但却是男性同性戀的始祖；他的神諭放在列斯波斯，那是古時候女性同性戀的源頭。

再者，奧斐斯與尤莉黛克的故事是廸蜜特與伯瑟芬故事的結構變型：

奧斐斯的妻子尤莉黛克和廸蜜特的女兒，都被帶到冥界當女王。丈夫奧斐斯無法救出妻子，他沒有生育能力。母親廸蜜特部分地救出了女兒，她是多產的。

尤莉黛克在掙脫亞里泰奧斯的愛撫時，被蛇咬死。

亞里泰奧斯是奧斐斯的異母兄弟，他所受的處罰是喪失他的蜜蜂和蜂蜜。

亞里泰奧斯在一具當作祭品的動物屍體裡重新找到蜜蜂。這副祭品特別被允許腐爛掉，而不像一般的情況要加以燒煮。

伯瑟芬由於在冥界吃了生的石榴種子而無法獲得永生；他的義弟德摩芬由於在人間不吃任何東西，而在身上塗抹了一種芳香食物——一種類似蜂蜜、神祇吃的食物——因此幾乎獲得了永生。其失敗的原因，是因爲當廸蜜特把他放在火裡燒煮，想要燒死他的不死之身時，他的生母（梅塔內拉）把他從火裡拉了出來。伯瑟芬被鮮花的香味引誘上死路……

我舉出這幾點，已足够填滿李維史陀大作的整本篇幅。無疑他自己也覺察到了這些可能性。

（例如參閱 M. C., 347a）但對古希臘神話細節或『神話邏輯』裡的排列組合不熟悉的一般讀者，恐怕無法明白我所提出的幾點到底有何意義，因此我在下面將要提出遠為淺易的例子。我將遵循李維史陀的一個較狹小的分析架構（見八二頁引文），希望讓讀者體會到結構分析如何把表面不同的故事之各模式囓合在一起。不過，讀者還須瞭解，既然我的說明無法完盡，則讀者就無法在其中掌握到結構分析的許多較微妙之處了。

在這個限制下，我將在下面討論八個故事的大綱，順便簡略提及幾個其他故事；我所作的分析只是想要說明李維史陀所用方法的幾個要點。我用同樣的方式描述不同故事的綱要，以便不同故事人物的角色能夠輕易區分。例如，我們可以看出王、后、父母、兄弟、姊妹、女兒、兒子、女婿、情婦等都顯示同一「情節」的變換。

故事之間的比較，基於一項基本的假設：整個希臘神話構成一個「體系」（語言），每一則單獨的故事是這個「體系」的一個聯組（見上文五八頁）。我們可以用下列三個對立組：

上／下、人間世界／死後世界、文化／自然

建構一個圖式。希臘神話的整個體系預設了對人類、動物、神祇在這個圖式裡所占相對位置的某種隱喻的掌握。圖五就是這個圖式的大要。我的分析裡所預設的其他因素（如果我對神話的描述更完整的話，這就更加明顯了），是我在八三頁討論奧斐斯故事時已暗示的一些變換規則。照理希臘神話裡的神祇只吃生的食物——神食、花蜜、蜂蜜（？）——但祂們却喜歡燒烤祭品的味道，因此**燒**與**腐爛**的對立就相當於**天空**與**冥界**的對立。在我對神話的敍述裡，中心問題很明顯的是關於性和殺人；如果我們作深入的研究，我們會發現這個問題也在其他置換的次元裡以其他形式表達出來。在簡短的篇幅裡，我們無法說明這**如何**發生，但是下面所引這段李維史陀從南美洲材料所得的一般法則，也大可運用到希臘的材料：

「蜂蜜和經血之間有一種類比關係。兩者都是經由一種**非食物料理**方式變形（加工）之後所產生的物質；一者屬於植物……一者屬於動物。此外，蜂蜜若不是衞生的，就是有毒的。正如同女人在正常情況下是「蜜」，但在遭嫌棄時就暗藏毒心。最後我們還可看出，在土著的思想裡，找尋蜂蜜代表一種向自然的回歸——一種從性的領域轉換到味覺領域的性魅惑。如果人類太耽於這種回歸，則將使文化的根基崩潰。同樣，如果新婚夫婦被允許無限制

擴展私人的行樂、忽略他們的社會義務，則蜜月將會威脅到社會秩序。」（O.M. :340）

如果這段話與下文的關聯不太明顯，我只需提及這一點：有一個我沒有提到的人物——格勞科斯、邁諾斯的兒子及戴奧尼索斯的姻兄——是「在一甕蜂蜜裡溺斃」，然後從墳墓裡復活。最後我必須指出，分析的最終結論並非「所有的神話都是在說同一件事」，而是「所有神話所說的全部集合在一起，並不是任一則神話所表達者；這些神話（集體地）所說的，必定是一個詩的眞理，也同時是一項不受歡迎的矛盾。」李維史陀認爲神話的功能就是公開展示——雖然利用僞裝的外貌——這種通常是無意識的矛盾（參閱六九頁）。

在圖五的「單純化模型」裡，我們在上下、左右兩隻軸上將不同組的範疇依照二元對立關係排列起來。下文分析所根據的基本假設就是認爲這個模型是隱含在整個神話體系之中的——而我舉出的故事只是這個體系的特殊個例。

故事〔請參閱章末附圖表〕

圖五　假想圖式

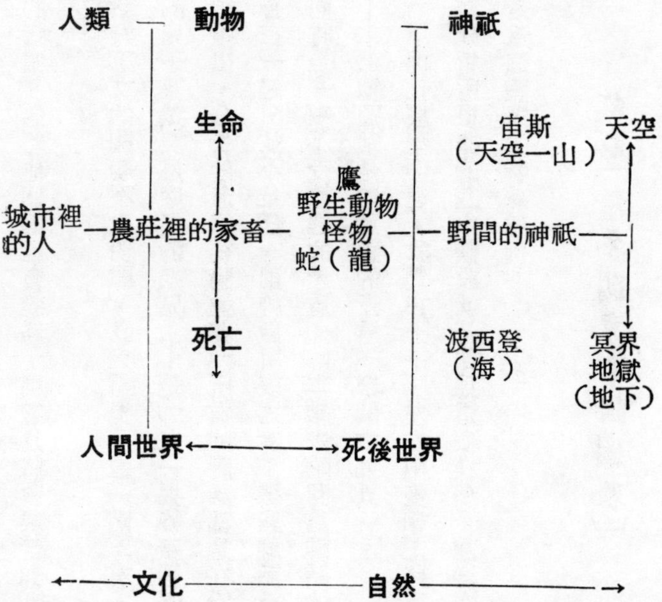
人類
動物
神祇
生命
宙斯
(天空—山)
天空
鷹
野生動物
城市裡的人
農莊裡的家畜
怪物
野間的神祇
蛇(龍)
死亡
波西登
(海)
冥界
地獄
(地下)
人間世界
死後世界
文化
自然

一、卡達摩斯、歐羅芭與龍牙

故事——宙斯（神）變成一隻馴服的野牛（野生與馴服兩種狀態的媒介者），將人間的少女歐羅芭誘姦之後帶走。歐羅芭的兄弟卡達摩斯與母親德莉花莎四出尋找。母親去逝，卡達摩斯將之埋葬。神諭指示卡達摩斯跟隨一隻母牛；他必須在母牛停下的地方建立底比斯城，事先把母牛獻給雅典娜。（母牛使人類與神祇聯結，正如公牛使神祇與人類聯結。）卡達摩斯在尋找獻祭用水時碰到一隻龍（怪物）守衞著一個聖池。這隻龍是戰神阿爾士的兒子。

卡達摩斯與龍相鬪；殺死了龍之後，他把龍牙種植在地上（一種施加於野生物的家務活動）。龍牙生長成沒有母親的人類（史巴托依）；他們互相殘殺，生存者與卡達摩斯合作建造底比斯城。卡達摩斯與阿爾士和解，娶其女哈莫妮亞爲妻。衆神送哈莫妮亞一條魔術項鍊做嫁奩，這條頸鍊使每個擁有者遭遇冗運。故事結尾時，卡達摩斯和哈莫妮亞都變成龍。

註解——這則故事明白述及自然與文化、神祇與人類的兩極性，並確認神人關係是一種曖昧而不穩定的結合：由婚姻而後爭吵，最後以有毒的結婚禮物爲件隨的婚姻。此外還有人類是否土生起源的曖昧：卡達摩斯殺死龍，龍牙生出史巴托依；但卡達摩斯本身也是龍以及史巴托依的祖先。

二、邁諾斯與邁諾塔

故事——邁諾斯是宙斯與歐羅芭（見前則故事）所生的兒子、太陽神之女芭西菲的丈夫。波西登是宙斯的弟弟，兩者相對，前者是海神，後者是天空之神。波西登送邁諾斯一隻漂亮的公牛，這隻公牛必須用來祭祀，但邁諾斯却將之保留下來。爲了處罰邁諾斯，波西登使芭西菲對這隻公牛發生情慾。由於戴達洛斯的巧智，芭西菲變成一隻母牛，與公牛發生性關係，結果生下牛頭人身怪物。這頭怪物每年都要吃掉以年輕男女充當的祭品。

註解——這是第一則故事的倒逆。因此：

a.在卡達摩斯的故事裡：公牛（＝宙斯）擾走歐羅芭，後者有一個人類的兒子邁諾斯。歐羅芭有一位人類的兄弟卡達摩斯，他被要求將神祇所送的母牛拿來獻祭。在過程中他殺死了一隻怪物，其遺體變成人類。但卡達摩斯本人又是怪物。

b.在邁諾斯的故事裡：公牛（＝波西登）與芭西菲性交，後者有一個怪物的兒子邁諾塔（即牛頭人身怪物）。芭西菲有一位人類的丈夫邁諾斯，他被要求將神祇所送的公牛拿來獻祭（但他沒有這麼做）。公牛被一隻吃人的怪物取代，但怪物（＝邁諾塔＝邁諾斯的公牛）本身就是邁諾斯。

事實上，這兩則故事具有幾乎相同的「結構」，經由「符號改變」之後，一則故事轉換成另一則故事：譬如公牛變成母牛、兄弟變成丈夫等。

這則故事的涵義與前述者相同。在此我們又可看出神祇與人類、野生與馴服、怪物與家畜的兩極性，而聯結兩極的是一種曖昧的生物——由神變身的神聖公牛。同樣的，神人之間的性關係，以及以神聖動物作爲祭品的故事，都表達了神人關係是一種極不安定的結合，神祇的友誼必須付出極大的代價才能獲得。

三、西瑟斯、阿莉亞得妮與邁諾塔

故事（綱要）——西瑟斯是波西登與一個人間的女人所生的兒子，他與邁諾斯敵對不合，後者是宙斯與人間的女人所生的兒子。阿莉亞得妮是邁諾斯與芭西菲（見第二則故事）的女兒，她愛上西瑟斯，用一條線使西瑟斯走出迷宮，因而背叛了她的父親。西瑟斯殺死邁諾塔，誘阿莉亞得妮私奔，但最後將她遺棄。

註解——這是一組密切關連的故事中的一則。在這些故事裡，由於女兒愛上敵人而背叛，使父親或父親的第二身（在此是邁諾斯—邁諾塔）被敵人殺死。但勝利的敵人後來却以遺棄或謀殺來處罰女兒。因此：

三 a. 邁諾斯與麥格拉國王尼索斯相戰，後者的祖先是由土裡出生的凱克洛普斯。尼索斯由於一束具有魔力的頭髮而倖免於死。尼索斯的女兒史琪拉將這束頭髮剪下，當作愛情禮物送給邁諾斯。邁諾斯殺死尼索斯，但却嫌棄史琪拉。後來尼索斯變成一隻海鷹，永遠追逐著一隻由他犯錯的女兒所變成的海鳥。

三b.宙斯與人間的達娜依生下伯瑟斯，他是邁錫尼的創立王。伯瑟斯把王位傳給兒子阿凱奧斯，後者再傳給其弟埃列克特里昂。阿凱奧斯另一位弟弟梅斯托的孫子伯特列勞斯與埃列克特里昂相爭。阿凱奧斯的兒子安非特里昂與埃列克特里昂（即其叔父）的女兒阿克梅妮訂婚。埃列克特里昂把王位傳給安非特里昂，但要後者發誓向伯特列勞斯報仇之後才能與阿克梅妮同眠。

在爭戰的過程中，伯特列勞斯的諸子驅走埃列克特里昂的**母牛**，但又受到後者的諸子反擊。雙方各有一個兒子倖存。安非特里昂尋獲了牛羣，但在驅趕牛羣回家的途中，有一隻牛奔離了隊伍。安非特里昂向這隻牛投射一根木棒，卻刺死了埃列克特里昂。像尼索斯一樣，伯特列勞斯也由於一束具有魔力的**頭髮**而倖免於死。他的女兒科梅托愛上安非特里昂，背叛了父親（與三a的故事一樣）。安非特里昂殺死伯特列勞斯，但也殺了科梅托以懲罰她的不忠。

這則故事有幾點值得注意的地方。第一，因一隻犯錯的**母牛**而殺死埃列特里昂這個情節，乃是因犯錯的**女兒**而殺父親的情節的隱喻。第二，在每一則故事裡，女兒為了尋找丈夫而背叛父親，因此都含有忠誠對象的衝突。在前二個例子裡（西瑟斯、邁諾斯），未來的丈夫拒絕了犯罪的女兒，但在第三個例子裡，「矛盾」卻由於角色的重複而解除了。伯特列勞斯是埃列克特里昂的第二身，科梅托是阿克梅妮的第二身。安非特里昂殺了這兩位女子的父親，但他又殺了科梅托，因此得以娶阿克梅妮爲妻。

三c.阿克梅妮成了忠實妻子的原型，但同時她却也是不貞的，因爲宙斯化身爲她的丈夫安非特里昂，與她通姦，結果生下了赫拉克里斯。

這些故事全體來看，正是上文七九頁所引李維史陀的一般原則的一個變型。這些故事結尾時收場的人物（在一則故事裡是西瑟斯，另一則故事是赫拉克里斯），都是人類母親與神祇父親交配所生，因此正好是不經由女人而直接從土裡出生者（像凱克洛普斯）的相反。李維史陀的公式在此仍可應用，不同的一點是亂倫（「血緣關係的高估」）與弒父、弒兄弟（「血緣關係的低估」）的「問題」，在此轉換成了外婚和相爭的「問題」（「姻戚關係的高估」：犯錯女兒的叛逆；以及「姻戚關係的低估」：未來女婿謀殺未來岳父）。

四、安蒂歐蓓、濟索斯與安菲昂

故事——底比斯國王卡達摩斯把王位傳給外孫潘瑟斯，然後傳給兒子波里多洛斯，而後又傳給波里多洛斯的兒子拉布達科斯。潘瑟斯和拉布達科斯都成了酒神戴奧尼索斯的祭品——因爲他們的女眷在狂亂中把他們誤作野獸而宰割。下一位王位繼承人雷奧斯是個嬰兒，於是他的王位被其父之外祖父的兄弟李科斯所篡奪。尼克丟斯的女兒安蒂歐蓓是李科斯的姪女，她與宙斯交配後懷了身孕。尼克丟斯因蒙羞而自殺，李科斯負起了處罰安蒂歐蓓姦情的任務。李科斯及其妻子廸兒珂把安蒂歐蓓拘捕起來，但事前安蒂歐蓓已經生下了雙胞胎：濟索斯（武士）和安菲昂（音樂家）。這兩個嬰兒被棄置山野，（像伊底帕斯一樣）由牧羊人解救。後來這兩位雙胞兄弟發現了他們的母親，向李科斯及廸兒珂復仇，然後一起統治底比斯。

註解——這則故事把第三則故事和比較著名的伊底帕斯故事（下面的第六、七兩則故事）的特徵結合在一起。安非特里昂在三a裡的角色在此由宙斯所取代。尼克丟斯的自殺實際上就等於是女婿殺岳父。濟索斯和安非昂是宙斯與人類母親所生；他們的相對人物李科斯是土地出生的克索尼歐斯的兒子。另一方面，安蒂歐蓓相當於安蒂岡妮及嬌卡絲特。像安蒂岡妮一樣，安蒂歐蓓也被叔父拘禁起來；李科斯是安蒂歐蓓的叔父，克列昂是安蒂岡妮的舅父。安非昂和濟索斯則類似伊底帕斯，他們在襁褓中卽被棄置山野，後來殺死國王而取得王位。但他們是在得知他們的親生父母之後才殺國王，而伊底帕斯却是先殺國王的。他們是雙胞胎而一起要求王位繼承權，在這一點上，他們則很像艾特歐克里斯和波里尼克斯。不同的是，安非昂和濟索斯和睦的統治王國，一個當武士，一個當音樂家，而艾特歐克里斯和波里尼克斯兩人都是武士，最後終於互相殘殺。安蒂歐蓓是克索尼歐斯的後代，宙斯是天空的神祇，因此他們所生的雙胞胎就像伊底帕斯一樣，是天空神祇和冥界之間的「媒介者」。就血統而言，安非昂和濟索斯是史巴托依的相對者。史巴托依是從土裡出生的，他們的父親卡達摩斯也是個大地出生者以及怪物；相對的，安非昂和濟索斯是人類母親和天空神祇宙斯交配所生。最後的結局是災難，安非昂娶妮奧貝爲妻，生下許多兒女；但妮奧貝却誇耀自己的生育能力，因此觸怒衆神而使整個家庭被摧毀。

教訓——兄弟（安非昂和濟索斯）之間的友愛，到最後並不比兄弟互弒（艾特歐克里斯和波里尼克斯，見下文）有更好的結果。

五、西瑟斯、菲德拉與希波里托斯

故事——希波里托斯是西瑟斯與亞馬遜女王安蒂歐蓓所生的兒子。邁諾斯的女兒菲德拉是西瑟斯的妻子，希波里托斯的繼母。菲德拉愛上希波里托斯，但求愛被拒；於是菲德拉誣控希波里托斯企圖强姦她。爲了報仇，西瑟斯請求海神波西登殺死了希波里托斯。菲德拉自殺，西瑟斯發現自己的錯誤，悔惱不已。

註解——這則故事很接近下述伊底帕斯故事的倒逆。在此父親殺死兒子，而不是兒子殺死父親。兒子雖然被控與母親同眠，但他事實上並未如此。在兩則故事裡，母親（菲德拉和嬌卡絲特）都自殺而死，活存的父親與兒子（西瑟斯和伊底帕斯）都自責悔惱。我們還可注意到，希波里托斯未與（繼）母發生亂倫關係，而伊底帕斯與嬌卡絲特發生了亂倫關係，但前者的結果却比後者慘惡。

再注意非德拉是阿莉亞得妮（第三則故事）的姊妹。在這裡角色被逆轉了過來：不是女婿因女兒的叛逆而殺岳父，而是父親因母親的叛逆而殺兒子。

六、雷奧斯、克里西波斯與嬌卡絲特

故事——在李科斯、安菲昂、濟索斯統治期間，雷奧斯被放逐在外，與伯洛普斯爲友。他愛上伯洛普斯的兒子克里西波斯，教導他駕駛戰車。回到底比斯繼承王位之後，他娶嬌卡絲特爲后，但因爲有預言說他們的兒子將弑父，因此兩人不同眠。雷奧斯在一次宗教宴禮上酒醉，與嬌卡絲特發生關係，結果生下伊底帕斯。當他在「交义路口」遇到伊底帕斯的時候，後者是「一個駕戰車的年輕人」。

註解——這則神話建立了克里西波斯和伊底帕斯的等同性，依底帕斯與其母親之間的亂倫關係相對於雷奧斯與其子之間的同性戀亂倫關係。

七、伊底帕斯

故事——國王（雷奧斯）和王后（嬌卡絲特）統治著底比斯。兒子（伊底帕斯）被棄置在山上，足踝被釘穿；他出人意料的活了下來。兒子「在一個交义路口」遇見父王而殺了他。王后的兄弟（克列昂）代攝王政。底比斯受到怪物（史芬克斯：雌性）騷擾，王后願意嫁給任何能夠同答謎題去除怪物的人。伊底帕斯同答了謎題，怪物自殺。兒子擔當亡父的一切角色。眞相揭發之後，王后自殺，兒子兼國王（伊底帕斯）自己挖出眼睛，變成預言者（獲得了超自然的眼力）。

八、阿格斯人（安蒂岡妮、艾特歐克里斯、波里尼克斯）

故事——伊底帕斯生了兩個兒子：艾特歐克里斯和波里尼克斯。他們也是伊底帕斯的同母異父兄弟，因爲三人都是嬌卡絲特所生。伊底帕斯退位之後，兩位兒子原應輪流當政。但艾特歐克里斯首先登位之後却不願下臺。波里尼克斯被放逐，他率領一批阿格斯的勇士攻打底比斯；這次遠征失敗，兩位兄弟相殺而死。安蒂岡妮不顧克列昂之命埋葬了波里尼克斯。爲了懲罰她，克列昂把她活活關閉在墓室裡，她自殺而死。後來勇士的後代又向底比斯進行一次遠征，這次終於獲得勝利。

註解——我們已在七五—七九頁敍述了李維史陀本人對第一、第七、第八三則故事的分析。

如果我們以這種方式繼續下去，我們將不可能會到達已經考察了「所有變型」的時候；因爲全部古希臘神話中的任何一則故事，在某種方式下都是一個變型。譬如，如果我們以佛洛伊德所說的伊底帕斯情意結——兒子殺死父親、成爲母親情夫的故事——爲中心主題，那麼下面這些著名的故事都可說是「變型」：

伊底帕斯——兒子殺死父親，變成母親的情夫。

亞格麥農——〔母親的〕情夫殺死父親，兒子替父報仇。

奧廸修斯——父親與兒子聯手殺害母親及其情夫，奧廸修斯沒有後代。

梅內勞斯——情夫（巴里斯）被第三者殺害，沒有子嗣（兒子）。

希波里托斯（第五則故事）——無罪的兒子被誣告是〔繼母的〕的情夫，而被父親殺死。

將這些故事互相比較之後，我們會發現：每一則故事都是人際關係主題的結合，每一則故事都是一組變型之中的一例。而這些人際關係主題的**意味深長**之處，乃是在於變型之間的對照。

所有上擧故事——包括我詳細敍述以及只提及題目的故事——所含的「訊息」，無法輕易的用言辭來表達，要不然我就無需花這麼多篇幅迂廻陳述了。不過，如果要粗略來說，其意義却是够簡單了：如果社會要存續下去，則女兒必須背叛父母，而兒子必須毀滅（取代）父親⑰。

這是一個不受歡迎而又無法解決的矛盾，這是一項必然的事實，但因爲它所暗示的意義與人類的道德基礎直接衝突，因此我們把它隱藏在無意識中。在我們所擧的故事裡並沒有主角，它們只是關於無法避免的人類災難的敍事詩。這些災難的起因，往往是由於一個人未能履行他對神祇或親人的義務。當李維史陀聲稱神話的根本道德意義是「我們自己是該死的畜生」——我把這句話的意思解釋爲「自私自利是一切罪惡的起源」——我想他所意指的多少也是這一點（參閱四五頁）。

我必須再次提醒讀者，這裡的論述是出於「模倣李維史陀的李區」，而不是李維史陀原著的摘要。我談了這麼多，目的是要展示典型李維史陀分析的「主題與變型」的一面，至於在其他方面，我的材料就顯得薄弱而不是典型的了。在我的材料裡，很少出現巫術性的事件，對殺人及性放縱的基礎性問題也沒有一而再、再而三的強調。而在李維史陀自己的例子裡，這些「基本的」衝突通常都被變型，用某些其他的語言符碼表達出來。譬如，在他的美洲材料裡，許多最出色的比較，都是關於飲食和性交的類比性。我們雖然不易在古希臘神話裡找出類似的材料，不過關於宙斯祖先的故事倒可作爲較接近的例子，這些故事本身在某些方面是伊底帕斯神話的重複：

潔娃（大地）首先自然地生下烏拉諾斯（天空）。後來烏拉諾斯和他的母親交媾，生下泰坦（巨人們）。烏拉諾斯因爲嫉妒他的兒子，把他們塞回母親的體內。潔娃無法忍受這種永遠懷孕的狀態，給她最年幼的兒子克洛諾斯一把鐮刀，克洛諾斯就用這把鐮刀割下了父親的生殖器。流出的血落在地上變成復仇女神、巨人、山林水澤的女神；割下的生殖器掉入海裡變成愛之女神愛芙洛底。於是克洛諾斯統治天地，但被告以他將被兒子推翻。在同樣的威脅下，雷奧斯避免與妻子性交（上述第六則故事），克洛諾斯則將兒子生下後立刻吃掉。當宙斯出生時，母親莉亞用一塊陰莖形狀的石頭充當嬰兒交給克洛諾斯。吃了這顆石頭後，克洛諾斯將它和過去所吃的兒子全部吐了出來。

在這則故事裡，正常的性交方式被顚倒了過來。在「實際世界」，男人將陰莖插入女子陰道，然後嬰兒從陰道生出來；而在神話裡，女人用陰莖當作食物塞進男人的嘴巴，然後嬰兒以嘔吐物的形式從嘴巴生出來。無疑的這聽起來像是小孩子的想像，但依照李維史陀的看法，這正證明了一項非常普遍的原則：

「在神話的語言（plan）裡，嘔吐是性交的相反詞，而排泄是聽覺訊息傳遞的相反詞。」（M. C: 210）

等到李維史陀結束他的論說時，他已經把這種象徵化跟食物料理方式、生火方法、季節變遷、年輕婦女的月經期、年輕母親與老處女的食物等都聯結在一起了。要瞭解其間的奧秘，讀者必須親自下點工夫去研究。從『神話邏輯』卷二的二一〇——二一二頁開始，讀者又被引回到李維史陀的其他文獻，特別是『神話邏輯』卷一的三四四頁，以及我們用來作爲討論起點的『神話的結構分析』。這一番探索是很值得的，雖然到最後探索者未必會變得較不糊塗。

最後我還要重申一次：雖然有人用李維史陀的結構主義方法來詳細分析特定的材料而極有收益，他們對李維史陀以偏概全的大膽作風還是普遍存疑的。譬如檢討下面這個例子：

關於史芬克斯的謎題，李維史陀聲稱神話的謎題必然是沒有答案的；同樣，母親必然不可與自己的兒子結婚。伊底帕斯回答謎題而違背了自然；他與母親結婚也違背了自然。

如果我們把神話的謎題定義爲「沒有答案的問題」，那麼其反面將是「沒有問題的答案」。在伊底帕斯故事裡，由於某人回答了不可回答的問題而引起災難；在另一組分佈全世界的神話裡，由於某人沒有問可以回答的問題而引起災難。李維史陀舉出這些例子：由於阿難沒有求釋迦活下去，釋迦因此而死；由於高溫伯西伐（Gawain-Percival）沒有問聖杯的性質，而引起費雪金（Fisher-King）的災難。

這種以一個一般化公式爲中心的巧諭辯論，乃是李維史陀建構假設時的一貫作風。但這套方法不能向我們展示眞理，它只能引導我們進入一個什麼事都可能、但沒有一件事確定的世界。

附圖表〔譯按：下面三個圖表是譯者所加，讀者可以找出本章故事裡各個角色的關係。〕

附圖 1

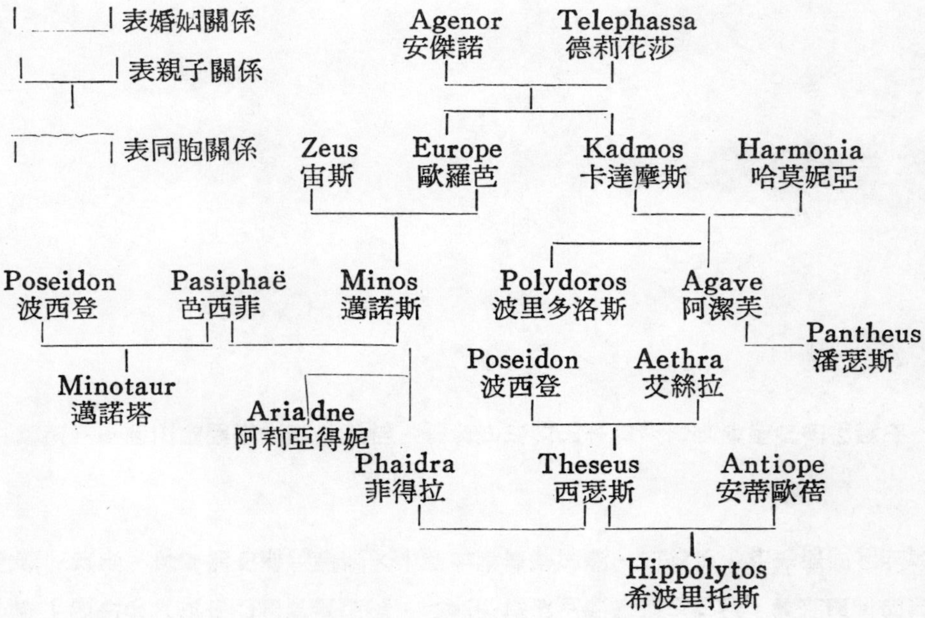
表婚姻關係
表親子關係
表同胞關係
Agenor 安傑諾
Telephassa 德莉花莎
Zeus 宙斯
Europe 歐羅芭
Kadmos 卡達摩斯
Harmonia 哈莫妮亞
Poseidon 波西登
Pasiphaë 芭西菲
Minos 邁諾斯
Polydoros 波里多洛斯
Agave 阿潔芙
Pantheus 潘瑟斯
Minotaur 邁諾塔
Ariadne 阿莉亞得妮
Poseidon 波西登
Aethra 艾絲拉
Phaidra 菲得拉
Theseus 西瑟斯
Antiope 安蒂歐蓓
Hippolytos 希波里托斯

附圖 2

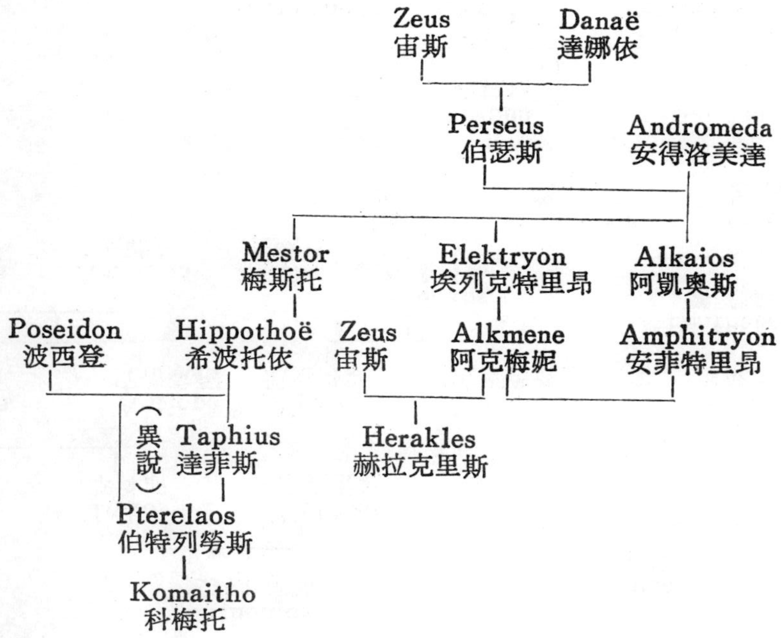
Zeus
宙斯
Danaë
達娜依
Perseus
伯瑟斯
Andromeda
安得洛美達
Mestor
梅斯托
Elektryon
埃列克特里昂
Alkaios
阿凱奧斯
Poseidon
波西登
Hippothoë
希波托依
Zeus
宙斯
Alkmene
阿克梅妮
Amphitryon
安菲特里昂
（異說）
Taphius
達菲斯
Herakles
赫拉克里斯
Pterelaos
伯特列勞斯
Komaitho
科梅托

附圖 3

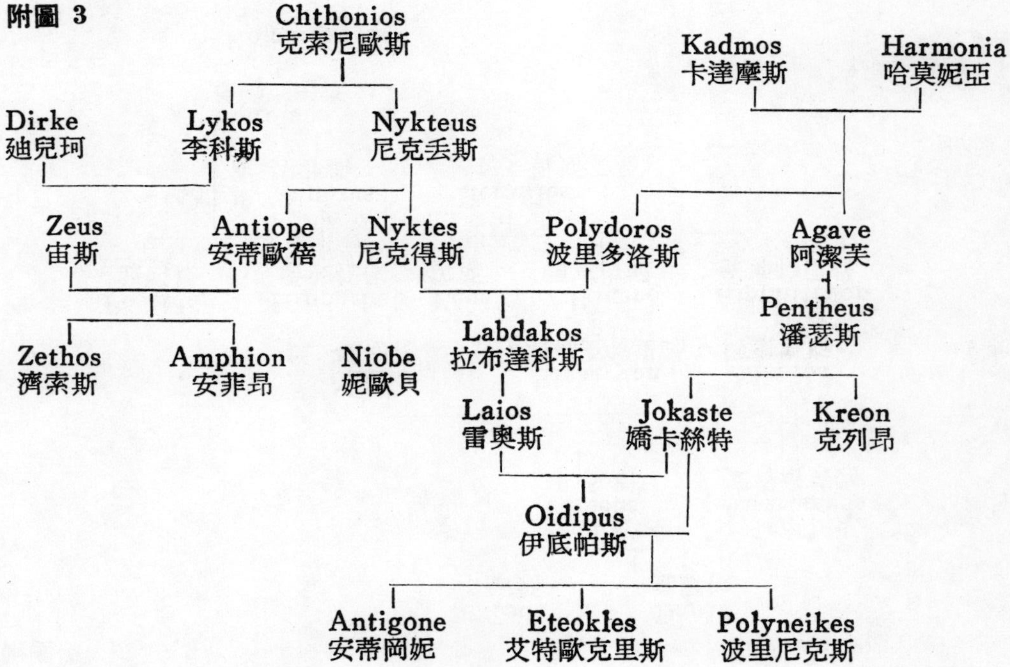
Chthonios
克索尼歐斯
Kadmos
卡達摩斯
Harmonia
哈莫妮亞
Dirke
廸兒珂
Lykos
李科斯
Nykteus
尼克丢斯
Zeus
宙斯
Antiope
安蒂歐蓓
Nyktes
尼克得斯
Polydoros
波里多洛斯
Agave
阿潔芙
Pentheus
潘瑟斯
Zethos
濟索斯
Amphion
安菲昂
Niobe
妮歐貝
Labdakos
拉布達科斯
Laios
雷奧斯
Jokaste
嬌卡絲特
Kreon
克列昂
Oidipus
伊底帕斯
Antigone
安蒂岡妮
Eteokles
艾特歐克里斯
Polyneikes
波里尼克斯

第五章　言與物

就像佛洛伊德『日常生活的心理分析』與『夢的闡釋』兩書的關係一樣，李維史陀的生動但簡短的『野性的思考』（一九六二年）是與龐大但瑣碎的數卷『神話邏輯』（一九六四、一九六七、一九六八……）關聯在一起的。兩位作者的較短的著作都是想把比較正式的學術發現與「日常經驗」牽連起來。說眞的，『野性的思考』時常與日常經驗相離甚遠；圖騰制度和存在主義都不是一般受過教育的英國人主要關心所在。不過，這本難懂的書也有一些章節討論到極爲「日常的」事物，譬如我們替寵愛動物及庭園裡的玫瑰命名的奇異制度！這本書的法文和英文本出版時間相隔四年，這正顯示了翻譯的困難。目前的英文譯本（*The Savage Mind*）出於數人之手，譯文曾得到李維史陀本人的認可，但却被一個美國批評家指爲「可咒的」。當初英國出版社所委任的翻譯者也已經推卸了所有責任！從這本書的標題開始就產生翻譯問題。*La Pensée sauvage* 的英譯顯然是"*Savage Thought*"（野性的思考），這個譯法的正確性，可以獲得法文本封面圖案的佐證。這幅難解的封面圖案上所繪的是幾朵紫羅蘭，有意使人想起莎士比亞的詩句：「彼紫羅蘭，思想之花」。但是英文譯本所用的標題 *The Savage Mind*，却使我們回想到法文的 *l'esprit humain*——人類的心靈。如前所述，這個詞語又很難擺脫黑格爾的「精神」（Geist）或涂爾幹的「集體意識」的形上學意味。事實上，*La Pensée sauvage* 一點都不牽涉到形上學，它所討論的是邏輯。

這本書的基本主題是這樣的：如果我們和李維畢爾（Lévy-Bruhl）（以及沙特）一樣，認爲原始人的「前邏輯」心態與現代人的「邏輯」心態之間存有歷史性的差異，那就錯了。原始民族處理現實事物的方式並不比我們更具有神秘色彩，差別毋寧在於兩者所用邏輯的不同。原始民族的邏輯是建構在可觀察的差異之上，而這些差異又來自人們所感覺的具體事物的不同性質——例如生的與煮的、濕的與乾的、男的與女的。現代人的邏輯則建基在全然抽象體的形式差異之上——例如十與一、log與X。第二種邏輯其實只是以不同的方式在表達相同的事物，而甚至在我們的社會裡，這種邏輯也只有特殊的專家才使用。原始思考與科學思考的不同，就像使用算盤與心算的不同。到了目前，我們轉而依賴外在物——譬如電腦——來幫助我們解決訊息傳遞和計算問題，而原始民族也同樣的能利用由外在物——譬如動物種類的屬性——構成的符號來理解日常生活事件，由此來看，現在正是考察原始民族思考方式的適當時機了。

為了點明這種「具體事物的邏輯」的複雜性，我在下面引了『神話邏輯』第二卷的一段話。這段話把有關樂器範疇的議論與有關食物、料理方式、器皿類型等範疇的議論連結在一起。在這個例子裡，所有的民族誌材料都是來自南美洲印弟安人的文化脈絡，但李維史陀聲稱同樣的排列組合是放諸四海皆準的。要明瞭我所引用的這段話，必須先熟悉『神話邏輯』第一卷以及第二卷前幾章所發展出來的討論架構。本書前面所擧的交通訊號一例（參照二五頁以下），以及五七頁的圖表，也許可再用來說明這個架構的一個要點。在五七頁的圖表裡，衣物、食物、傢俱等「體系」的元素可以構成不同的排列組合，正如交通訊號三顏色可構成不同的排列系列一樣。其實，聲音的類型也是如此。

就燈光訊號而言，我們可以藉變更燈光開閉的頻度和長短、改變燈光的顏色等方法，來傳達不同的訊息；但最根本的差異，莫過於燈光的開或閉。在衣物和音樂方面也是如此，最顯著的差異分別為「赤裸／著衣」和「音響／靜默」。

因此，李維史陀在『神話邏輯』中不斷重述某些基本的對立組，並將之組合成不同的模式。除了「烹飪三角形」內各個軸上的對立組（見三五—三六頁），以及圖五（見八八頁）中的對立組之外，李維史陀還提及其他對立組，較重要的則爲下列者：「光亮／黑暗」、「音響／靜默」、「赤裸／著衣」、「神聖／世俗」。

初入門的讀者對於這一些看來絲毫無關聯的二分組爲什麼會合成一個大結構，一定會百思不得其解。李維史陀能得到此結論，同時還提出頗令人信服的道理，這正顯示他在知識上的成就之一斑。在此，我至少可用一個大家熟知的例子來說明這種全盤體系的一小部分；但我這樣做並非有意忽略較大的問題。

在古典神話裡，雷聲（音響）是代表宙斯（神聖的）的憤怒；宙斯的飲料是花蜜，亦卽（新鮮的）花朵（自然）的汁液。再者，一般而言，在古代及原始神話的語言裡——它們是不必對付工業社會的噪音的——巨大的音響通常都是神聖者的屬性。讀者如果覺得這不太可能，應當回想一下甚至在基督教的末世論裡，當審判日來臨，萬物都要被毀滅的時候，宣告這消息的是喇叭聲。還有，一直到最近，一般人所要忍受的最大音響大概就是教堂的鐘聲。

現在，我必須回到關於具體事物邏輯的實例了。在『神話邏輯』第二卷裡，李維史陀把蜂蜜和菸草的主題看作是「烹飪的邊圍」（*les entours de la cuisine*）；在神話的邏輯裡，這兩個主題的對比，相當於「音響範疇之內的」對比，譬如連續音對不連續音、轉調音對不轉調音。李維史陀的論點是這樣的：經由神話所表現的思考體系，人腦把客體及「外在」事物的感覺特質當作數學方程式的符號一般加以操縱。下面就是我的引文：

「如果在儀式裡作爲發聲之用，則葫蘆是一種神聖音樂的樂器；在這種場合，葫蘆是與菸草一起使用，而菸草在神話裡被看作是包容在自然裡的文化（要素）。但如果用來裝盛水和食物，則葫蘆是一種俗世的烹飪器皿，一種裝盛自然產物的容器，也因此適用於作爲文化包容自然的例子。同樣的道理，如果中空的樹幹用來作爲鼓，則是一種樂器，它的主要功能是在於召喚人羣的社會場合。另方面，如果蜜蜂把樹幹的中空部分用來貯藏蜂蜜，則它是屬於自然的；但如果是人把樹幹挖空，用來裝盛蜂蜜使之發酵，那麼它是屬於文化的。」（M. C.：406–7）

如果李維史陀能證明原始民族的思考方式是如上述的，那麼弗萊哲、李維畢爾、沙特等人認爲原始民族的思考具有素樸、幼稚、迷信特色的看法就完全錯誤了。李維史陀的原始民族就像我們一樣具有複雜的思考，只是他們所用的符號體系不同罷了。

但李維史陀能够證明麼？懷疑者大可找出許多值得批評的地方。就民族誌資料的運用而言，李維史陀恐怕會無意間只挑選能够證實其理論的證據，就像弗萊哲的作風一樣。他的證據都證實了他的理論，但假如他選擇其他的證據，誰能擔保他的整個論點不會隨即崩潰？李維史陀到目前的研究階段，已經參證了三百五十三則不同的神話，但他大可運用許多其他相似的材料。這些材料是否如李維史陀所說都指向同一個結論，這要看我們能不能信得過他的辯說了。就上面所引的這個特例而言，不管它所牽涉的多麼繁複，我想李維史陀的論點是站得住的。要是說有什麼缺點，那就是李維史陀把人們對感覺對象的數學操作看得太系統化了。他忽略了一點：數學家所用的符號是不帶感情的成分在內的——並不因爲i是虛數，因此就比x更令人興奮。但原始民族思考時所用的具體符號，却充滿了禁忌的成分在內。因此，像逃避和壓抑這種心理因素，就常會與邏輯的一致性混淆在一起。這並不是說李維史陀的推測必然是完全不正確的，但其準確性就必須打折扣了。換另一種方式來說，因爲李維史陀的論點是得自杰科卜生學派的語言學理論，以及數位電腦工程學，他常會認爲——正如上面引文所明白顯示——原始思考的整個結構是建立在二元對立關係之上的。人類頭腦在任何情況裡都會根據二元對立的原則從事思考：對於這一點我們絕無置疑的餘地；但人腦也可以依據其他的方式從事思考。一個能夠充分描述人腦機能的模型，必定包括許多數位電腦所無的類比性徵。到目前爲止，李維史陀尚未把這一點納入其分析架構中加以考慮。

雖然如此，讀者如果把『野性的思考』作爲研究李維史陀思想的入門書，而能够耐心的從第一章讀到第八章，那麼一定可獲得無窮的頭腦體操之樂趣。說眞的，入門者確實無法判斷李維史陀聲稱他的神話邏輯是人類普同特徵這個論點是否正確，但他必然會開始從新的角度來看他自己所熟悉的行爲。我特別要推薦讀者細讀「個體作爲種屬」這一章裡討論西方人動物命名習慣的部分。李維史陀的基本論點是這樣的：我們所賞玩的狗是人類社會的一部分，但又不完全是人類社會的成員；因此當我們爲狗取名的時候，我們所用的名字很像人名，但又常常和眞正的人名略有不同（或者只能說這是李維史陀堅持的說法）。另一方面，當我們替鳥取名的時候——譬如 Jenny Wren, Tom Tit, Jack Daw, Robin Redbreast ——我們所用的是普通的人名。這兩者的不同在於：狗的「非人類的」名字是個體的名字，而鳥的「人類的」名字却可以用來稱呼整個種屬的任何一隻鳥。這也就是我們在上文（五六—六三頁）所討論的換喩和隱喩兩種象徵聯想方式的區別。下面幾段引文是李維史陀的說明：

「與其他動物比較起來，鳥比較容易依照牠們所屬的種屬而用人名來命名；這是因爲鳥與人太不相同了，因此我們能允許鳥有類似人的地方。鳥是有羽毛的、有翅膀的、卵生的，牠們能够自得其所地在空中飛行，與人類社會有空間的隔離。因此，牠們形成一個獨立於人類社會之外的羣體，也正由於這種獨立性，我們覺得鳥類羣體是另一個與我們所生活的社會相似的社會：鳥類愛好自由，牠們爲自己建設家宅、經營家庭生活、養育下一代。牠們常與同種的成員發生社會關係，用音響來傳遞訊息，有點類似人類的語言。」

「因此，種種客觀條件使我們認爲鳥類世界是人類社會的隱喻。兩者不是可以說是完全平行的嗎？在神話及民間傳說裡，我們可以找到無數例子來證明這種象徵方式的普遍性。」

「狗的情況就正好相反了。狗非但沒有形成一個獨立的社會；作爲『馴豢』動物，牠們是人類社會的一部分。但是牠們在人類社會裡居於非常低卑的位置，因此我們絕不會幻想要……用同樣的名稱來叫喚狗和人……相反的，我們有一組特別的狗名："Azor"，"Medor"，

“Sultan”, “Fido”, “Diane”（最後這個名稱固然是人名，但它最初是被當作神話裡的神名的）。幾乎所有這些名稱都像是藝名，它們構成一組與人們日常所用名字相平行的名字，或者說是一組隱喻的名字。由此我們可得到這個結論：如果（人類與動物）種屬之間的關係被人們看作是隱喻的，則各個種屬的命名體系間具有換喻的關係；而如果種屬之間的關係被看作是換喻的，則命名體系具有隱喻的關係。」（S. M.-204:205）

每個喜愛動物的英國人都會立刻發覺這只不過是法國人以偏概全的看法罷了，一過了多佛海峽這些話就**不能**成立了！英國有許多狗的名字跟我們朋友的名字**完全一樣**！這一點暫且不去管它。李維史陀又進一步對法國農夫用來稱呼牛的名字做了一番推衍：

「稱牛的名字與鳥名或狗名有所不同。牛名通常都是描述的語詞，用來表明牛的毛色、舉動、脾氣。例如，“Rustaud”〔粗野的〕、“Rousset”〔紅毛的〕、“Blanchette”〔白毛的〕、“Douce”〔溫和的〕等。這些名字都有隱喻的性質，但它們與狗名的不同在於：牛名是來自聯組鎖鏈的描述詞，而狗名則是來自項類系列；前者來自言辭，後者來自語言。」

英國人對這一點也無法同意。李維史陀關於比賽用馬名字的說法才算比較中肯！問題是李維史陀是想把證據強納入完全對稱的模子：

（S. M.：206）

「因此，如果鳥是隱喩的人類，而狗是換喩的人類，那麼牛則可說是換喩的非人類，而比賽用馬是隱喩的非人類了。牛與人類缺乏相似性，因此有連接性；比賽用馬與人類缺乏連接性，因此有相似性。這兩個範疇正好是另外兩個範疇的反面，而後者本身又形成例逆的對稱關係。」（S. M.：207）

假如英國的情況並非如此，怎麼辦？沒關係，反正英國人是一羣沒有邏輯頭腦的野蠻人。讀者千萬別誤解我的意思。『野性的思考』整個來說是一本令人陶醉的書。李維史陀探討了我們（原始人和文明人都一樣）用不同語言來從事分類的方式，以及社會（文化）空間的範疇與自然空間的範疇交織在一起的方式：在這裡我們會發現許多極有啓發性的觀念。但我們不能相信李維史陀所說的每一句話！譬如在上述的問題裡，李維史陀聲稱比賽用馬的名字之具有其性質，乃是因爲比賽用馬——

「就主體或客體而言，都不是人類社會的一部分。相反的，牠們代表了一個私人羣體——靠賽馬爲生或喜歡賽馬的人——的隔絕的生存狀態。」（S. M.：206）

這種思路確實是令人着迷的，但其中到底涉及了什麼「眞理」？縱使我們同意比賽用馬的名字具有其特色，極易與其他名字區別，但李維史陀把命名方式與社會脈絡並列在一起的作法，是不是只是一種詭辯的把戲？這是個必須提出的問題，至於我們能否中肯的回答這個問題，我就不敢確定了。每個讀者必須親自去考察證據，爲自己尋找答案。

必定會使入門者困惑的一點——特別是當他讀到『神話邏輯』第二卷的時候——是李維史陀最初如何發現基本對立的現象。一個人怎麼會想到烤牛肉和煮白菜的對立關係是反映了人類思考的一個基本特徵？或者想到（在所有事之中）蜂蜜和菸草具有基本的意義，有如雨旱的對立一樣？我想這些問題的答案是：李維史陀是從另一端出發的。他首先自問：人類是自然的一部分，爲了生存必須不斷與自然維持關係，但另一方面人類又要把自己看作有別於自然的東西，這是爲什麼？其進行的方式又如何？然後他發現——這與其說是民族誌的事實，毋寧明白的說是考古學上的事實——自從湮遠的古代以來，人類就已經利用火來把食物從自然、生的狀態轉變爲人爲、熟的狀態。爲什麼會如此？人類並不需要烹飪食物，他們這樣做只是爲了要表示他們是人而非野獸這個象徵性的理由。因此火和烹飪是區別文化和自然的基本象徵符號。至於蜂蜜和菸草呢？在烹飪食物的場合，火的功用是把不可吃的自然產物轉變爲可吃的文化產物；在蜂蜜的場合，火的作用只是用來驅趕蜜蜂，也就是說用來把可以生吃的食物和它的自然環境隔離開；在菸草的場合，火的功能則是把食物轉變成一種非物質——煙——而菸草必須變成煙之後才能吸食。到此，我們可以說這些東西就像是一組形狀大小各有不同的籌碼，各個籌碼可以前後接合在一起，構成種種模式。我們可以用這些模式來代表人際關係中的交換和變換：譬如男孩變成大人，或甲的姊妹變成乙的妻子等場合所發生的情況。李維史陀在腦海裡構想了一些這種可能性的模式，再認定神話的功能是敍述人與自然以及人與人之間的關係，於是他着手檢視證據，原來的困惑就開始解開了。

由於這種研究方式是不尋常的，李維史陀的整個議論乍看之下頗令人驚異。我們想：其中必定有個竅門吧。話說回來，如果李維史陀的基本假設是正確的，那麼我們更會感到驚異了！縱使他的論點在某些細節方面終將被推翻，我們硬是必須接受其中某些基本的部分。每個人對外在世界的知識，都是來自感官所接受的結構化的訊息：耳所聞具有模式的聲音、眼所見具有模式的亮光、鼻所嗅具有模式的氣味等等。但我們所感知的並不是一個聲音的世界、再加一個亮光的世界、再加一個氣味的世界……而是單一的整體經驗，因此各種感官訊號體系的符號化方式必定是一致的——因而聽覺與視覺與嗅覺與味覺與觸覺等等彷彿都在傳遞同樣的訊息。到此，我們的問題就變成如何設計一套解析符號的方法了。李維史陀認爲他解決了這個問題；縱使懷疑這點的人，也會對其議論的高明感到驚異。

『野性的思考』第九章的內容與前八章不同，我在一一二—一一五頁已經略有所述。在此我只想再指出：李維史陀的意思大概是說沙特太看重歷史與神話的區別——前者是歷史時序中實際事件的記錄，而後者所記述的事件，就像夢中一樣，並不特別強調時間的先後。歷史記錄了幾世紀間貫時性的結構變換，民族誌記述世界各地同時性的結構變換。在兩種情況下，學者都可以作爲觀察者，記錄下一個相互關聯的思想行爲體系的可能排列組合。貫時性變換的可理解性並不比同時性變換的可理解性更大或更小。由此引申，瞭解歷史的唯一途徑就是把李維史陀研究美洲神話的方法應用到歷史上去！這種看法是否能爲歷史學家或歷史哲學家所同意，我無法置喙。我能確定的是它與傳統人類學的研究途徑相去甚遠；近乎半世紀來的人類學鮮少注意到宏大的哲學問題或者歷史性質的思辯性闡釋。

因此，我們回頭談一些傳統的人類學吧。

第六章　親屬的基本結構

最後，我們終於談到李維史陀在親屬理論方面的貢獻。這方面是專門性的人類學問題；喜歡吃蛋白牛奶酥甚於牛脂布丁的讀者，要提防消化不良。李維史陀在這方面的著述大多發表於一九四九年以前。

我在本書裡忽略了年代的順序，因爲我對李維史陀在親屬理論方面的見解最不敢苟同（參閱上文五頁）。但我現在必須試圖說明其論點的內容了。人類學裡有一個長遠的傳統，可以上溯到摩根（Morgan）『人類家族的血親與姻親制度』（一八七一年）的刊行；這個傳統就是特別注重各民族的親屬稱謂方式。雖然人類的語言有數千種之多，但所有的親屬稱謂系統都可歸入五六種「類型」之中。我們如何解釋這現象？李維史陀並沒有遵循摩根的看法；但正如我們可預想的，他假定每一種特定的親屬稱謂系統都是所有可能的稱謂系統所構成之「體系」中的一個聯組（參閱五六頁），而這個「體系」則是人類普同心理的產物。這個觀點是與美國龍玆布里（Lounsbury）等人的「形式分析民族誌」相一致的（參閱Scheffler, 1966:75f.），但却與大多數英國功能學派人類學家的立場不能相容。

如果功能學派被迫提出他們相反的見解，他們會辯稱親屬稱謂系統的主要類型乃是不同社會組織模式之下的產物，而不是人類心靈的任何普同屬性的表現。

雖然功能學派忽視親屬稱謂，他們却非常强調親屬行爲研究的重要性。這並沒有任何不可思議之處。人類學家觀察人類行爲的時候，通常都是在交通和通訊設備與現代水準相差甚遠的狀況之下。被研究的大多數人都是在幾哩之內的地區度過其一生，他們在這個地區出生，大部分鄰人都是他的親族。這並不是說這些人一定會互認爲親族，也不是說他們必然會特別重視親屬關係。但他們可能會這麼做，人類學家的經驗證明這是很可能的。

親屬理論的一般背景超出了本書的範圍之外，但有一個要點是必須瞭解的。當人類學家談及親屬關係時，他們所關心的是**社會行爲**，而不是**生物性的事實**。這兩方面的材料常有很大的出入，因此爲了方便，人類學家常在討論親屬關係的時候，不去涉及生物學。雖然如此，任何被稱為「親屬行為」的活動，歸根究底都與生物學有些微關聯。這些活動都必須回溯到下面這個不證自明的事實：母親是與兒女有「關係」的，同母的兄弟姐妹（同胞）之間也互有關係。

人類學家在田野可以從兩個途逕觀察到親屬關係方面的事實。第一，如前所述，報導人使用一套親屬稱謂——如父母伯叔姑舅等字眼——把周圍的人們區分為幾個重要的羣體。第二，人類學家慢慢發現：在具有某種關係的兩個人之間，有某些行為和態度是被認為適當的，而另外有些行為和態度則是不適當的——譬如說，女婿絕對不能在岳母面前說話，或者說和舅父之女同屬於一個親屬稱謂範疇的女子是最好的結婚對象。

如果我們想要瞭解生活在面對面關係中的部族的日常行為，那麼上述這類材料顯然是非常重要的，田野人類學家的許多研究時間也都花費在探究這兩個指涉架構——稱謂範疇的體系與行為態度的體系——如何互相關聯在一起。但對於不從事田野調查的人類學家，不管他是初入門的學生或年長的教授，親屬關係方面的材料則具有另一種興味了。

在原來的脈絡裡，親屬稱謂只是口說語言的一部分。親屬稱謂和其他的字詞並沒有非常特殊的差別；事實上大部分親屬稱謂都具有非親屬方面的意義。下面是兩個例子：如果你稱呼某人為"Father O'Brien"你大概相信他是獨身的、也沒有子女；在英語的東部盎格魯方言裡，"mother"

這個字的意思是指「未婚少女」。無論如何，如果我們不去管親屬稱謂使用時的脈絡，只根據標準辭典上的定義，那麼我們可以把任何親屬稱謂系統裡的字詞看作一個封閉的集合——像是一個矩陣裡的諸元素，而這個矩陣僅只指涉系譜的關係。一旦把這些字詞如此孤立起來，研究者就會傾向於相信這個稱謂的集合具有邏輯的一致性，而用同樣方式從其他語言裡孤立出來的其他稱謂集合也具有相同的一致性。在這種方式下，親屬稱謂的分析本身就變成了研究的目標，不是手段了；而原來的田野資料對這項分析不但無關緊要，有時更會造成妨碍了。

李維史陀在早期的論文裡，曾經對這種研究方式抱著正確的懷疑態度；但到了後來，他愈來愈不重視自己的田野經驗，同時更熱衷於人類普同性的探求，也同時對民族誌材料愈加輕視。在最近的一篇論文裡，他討論到親屬稱謂分析時指出：

「龍玆布里和巴可勒（I. R. Buchler）證明了親屬稱謂具有一種邏輯的完整性，因此可作爲科學研究的正當對象。這種研究取向也使得龍玆布里能够揭穿某些文獻資料的不可靠性，而我們過去處理這些資料時却從未懷疑其價值。」（F. K. S., 1965:13）

我對這種見解抱持著根本的反對。李維史陀在某個地方說過他把社會人類學看作是「符號學的分支」，這就表示社會人類學的主要課題是符號意義的內在邏輯結構。但我却認爲社會人類學的眞正研究對象應該永遠是人類的實際社會行爲。親屬稱謂是否可作爲「科學研究的正當對象」，這恐怕是大可爭辯的問題；但最重要的是，我們不能用這些稱謂系統的邏輯分析來決定特定的文獻資料是否「可靠」。

話說回來，雖然李維史陀具有上述的傾向，他在親屬理論方面的主要貢獻並不在於親屬稱謂邏輯的細節問題，而是在於婚姻規則的結構。這項研究是所有人類學家都感到興趣的，雖然在細節方面我們也可對它提出與前相同的批評——即李維史陀往往會對他所描述的「體系」的邏輯完整性過分著迷，因而無視於經驗事實。

功能人類學的標準傳統，是在討論親屬行爲的時候，從基礎家庭下手。子女與雙親之間有親嗣關係，兄弟姐妹之間有同胞關係；這些關係是建構親屬體系的基礎。其他影響基礎家庭的情況還有：雙親之一是否有與其他配偶所生的兒女、姻戚（由婚姻所建立的親屬關係）是否與以親嗣及同胞關係爲基礎的親屬一樣看待等等（Radcliffe-Brown, 1952:51）。

李維史陀對這些並不注重。在大多數社會裡，一個小孩必須先有被社會所承認的父母，才能成爲完全正規的社會成員。但這個小孩能否被社會接納，並不在於他與雙親的關係爲何，而要看雙親之間的關係爲何。傳統分析的起點是錯誤的。

一般的年輕人是一個同胞羣體（A）的成員，結婚之後，他與另一個同胞羣體（B）結上新的（姻戚）關係（參照圖六）。同胞關係和姻戚關係因此在結構上是相對立的，就像「＋／－」一樣。婚姻產生了第三個同胞羣體（C），這個新羣體與前兩個羣體都有關聯，但其關係爲何則要視各種情況而定。我們目前所能肯定的只是：如果親屬體系是單系繼嗣的，不管是父系的（C→A）或母系的（C→B），則從某種角度而言，羣體A的成員與羣體C的成員之關係，必然是羣體B的成員與羣體C的成員之關係的「對立」。

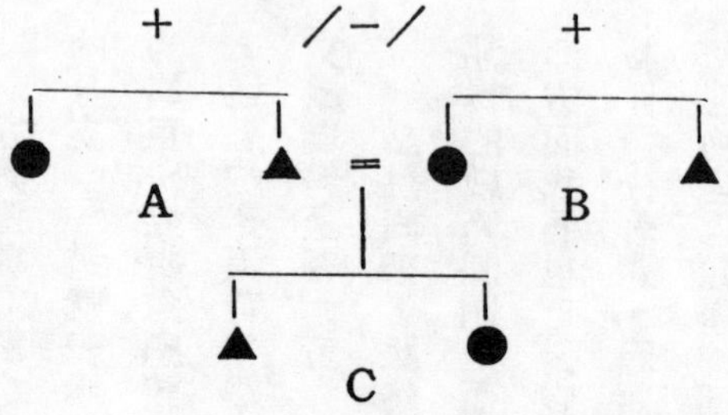

圖六

要對這個表面上簡單的狀態做完整的分析，則必須考慮很多種關係的「類型」。例如：兄／弟、兄弟／姐妹、夫／妻、父／子、父／女、母／子、母／女、母之兄弟／姐妹之子、母之姐妹／姐妹之子、母之兄弟／姐妹之女、母之姐妹／姐妹之女、父之姐妹／兄弟之子、父之兄弟／兄弟之子、父之姐妹／兄弟之女、父之兄弟／兄弟之女——僅是這些關係的排列組合就已經够多了。

但李維史陀把分析的對象縮小，他只專注下面兩組對立的可能變化情形：一方面是兄弟／姐妹、夫／妻兩項關係的對立，另一方面是父／子、母之兄弟／姐妹之子兩項關係的對立。我們如何描述這些關係的內容都無所謂，就讓我們用文字把第一組對立（X）的可能值表爲「相互性」（＋）和「分離」（－），把第二組對立（Y）的可能值表爲「親暱」（＋）和「尊敬」（－）；然後，我們可以把種種可能組合排列成矩陣——猶如在二八頁所述的交通訊號顏色組合系列之情況一樣。下面的圖七裡，X欄的「＋／－」代表「相互性／分離」，Y欄的「＋／－」則代表「親暱／尊敬」。

圖　七

		X		Y	
繼嗣原則	（部族羣體）	兄弟／姐妹 ：	夫／妻	父／子 ：	母之兄弟／姐妹之子
母系	Trobriand	－	＋	＋	－
	Siuai	＋	－	＋	－
	Dobu	＋	－	＋	－
父系	Kubutu	＋	－	＋	－
	Cherkess	＋	－	－	＋
	Tonga	－	＋	－	＋

根據李維史陀對民族誌材料頗為偏頗的解釋，圖七裡所列四種可能的組合方式都是實際存在的。他又根據不太有力的基礎，宣稱這個可能性的整個體系乃是人類的一項普同屬性。他說：「這個結構是唯一能存在的親屬最基本形式。」他又進一步指出：「一個親屬結構要存在的話，必須有下面三種家族關係：血緣關係、姻戚關係、以及繼嗣關係。」

我必須指出，依照我的看法，這個論點的錯誤可以從好幾方面來說。其中最重要的是李維史陀把繼嗣和親嗣兩個觀念混淆在一起：前者是一種支配世代之間權利傳承的法理，而後者是親子之間的親屬結合關係。正是這一類的混淆，導致他認為亂倫禁忌只是外婚制度的反面（參見下文一三三頁）。

從另一方面來說，上述李維史陀的論點是以男性為中心的，因而顯得薄弱。但是對這個弱點，他却從民族誌裡找到了辯護。一個女人結婚後，她所扮演的角色卽由姐妹轉變為妻子，李維史陀就是以這項轉變作為分析的出發點。但一個男人結婚後，他的角色也由兄弟轉變為丈夫，我們也可以從這項轉變進行分析。李維史陀却宣稱他的研究取向較後者為優，他所依據的與其說是實證的理由，不如說是邏輯的理由：

「在人類社會裡，是男人在交換女人，而不是女人在交換男人。」（S.A.:47）

對於非人類學者而言，這些話聽起來一定極為牽强。但對李維史陀來說，唯有抱持這種看法，才能使表面上奇異的風俗之研究變成為一項科學的研究課題。或者換句話說，這是代表從多樣的特殊性中建立起一般的法則。

在人類學史裡，經驗事實却是從另一個方向呈現的。羅伊在他初期的教科書裡（Lowie, 1920:78），舉出了一系列「舅權制度」（"avunculate"）的例子。依照羅伊鬆懈的用法，幾乎母之兄弟與其姐妹之子間的任何特殊關係，都可算是「舅權制度」。這種特殊關係的風俗顯然不規則地分布世界各地，這是民族學家已經知道了將近一百年的事實。他們也提出了極為不同的說法來解釋這種風俗。其中有一些似乎頗能解釋特定地域的事實（譬如 Radcliffe-Brown, 1952: Ch. I; Goody, 1959），而李維史陀的研究取向却有一個明顯的優點：就是他提出了一個一般的理論，凡是有單系繼嗣意識型態的場合，都可應用這個理論。

不幸的是我們必須立刻提出一個警告。我們可以從圖七看出，李維史陀原來舉出了六個肯定的例子來證明他的命題，但他却從未考慮可能與他的邏輯圖式不相合的反例。再者，他所提出的論點預設單系繼嗣體系乃是普同的原則，這是完全不確的。由於這個錯誤，李維史陀最後的大膽結論也就變成毫無意義：

「在最一般的形態下，舅甥關係只不過是普同的亂倫禁忌之或隱或現的結果罷了。」（S. A. :51）

無論如何，李維史陀的主要親屬研究『親屬的基本結構』只是這項一般命題的詳述而已，這整本書也有相同的缺點。李維史陀用他認爲適切的民族誌資料來證明邏輯的論證，但對頗不稀少的反例却絕不加以注重。

這本大書一開始先對「亂倫問題」作了一番非常老派的檢討。在歷史上的許多社會裡，「正常的」亂倫禁忌並不存在，但李維史陀却無視於這項有力的證據。由此，李維史陀步著佛洛伊德的後塵，宣稱亂倫禁忌是人類社會的基礎。他自己對這個假定的普遍自然法則的解釋，是根據社會達爾文主義的一項理論，與十九世紀英國人類學家泰勒（Edward Tylor）所服膺者類似。泰勒主張在演化過程中，人類社會有一項抉擇：把本族的婦女送出以建立政治聯合，或保有本族的婦女而被數量占優勢的敵人殺滅。在這種情況下，强制外婚的社會將在自然淘汰的原則下獲得優勢。泰勒在此把外婚和亂倫禁忌看作一事的兩面。李維史陀的看法也是同樣，而其錯誤是根本的：

「亂倫禁忌和外婚的區別……實際上只是性和婚姻的不同。每一個十多歲的少年都知道這項差別，而許多人類學家反而將之混淆了……」(Fox, 1967:54)

事實上，在我們熟知的所有人類社會裡，支配性關係的法則與支配婚姻的法則是頗不相同的，因此絕沒有理由說當初後者必定是從前者衍生而來的。

一旦通過這個最初的難關，李維史陀繼續討論交換系統的邏輯可能性，然後再考察婚姻法則的一些極特殊型態，作爲這些邏輯可能性的實例。

關於交換的討論，大體和牟斯的『禮物』(一九二四)以及英國功能論者(例如弗斯Firth)的看法一致。他把贈禮的習慣解釋爲象徵性的表現，它所表達的是比較抽象的東西：把社會成員聯結在一起的關係網絡。婚姻中的婦女贈與，以及婚姻後一種新的親屬關係特殊型態之形成

——卽姻兄姻弟關係的成立——只是交換的一種特殊事例。一般而言，在儀式性的場合，人們互相交換食物贈禮，以表達已成立之親族與姻戚關係的權利義務。婦女交換只是這種一般交換過程在相反方向的擴展。用巴爾特符號學的術語來說(見五七頁)，「禮物交換」構成一個「體系」、一個表達關係的一般語言符碼。「婦女交換」是這個「體系」內的一個體系，「婦女以外之貴重物的交換」是另一個體系。特定社會裡的特定婚姻中所發生的交換過程，則是此「體系」的一個聯組。在此，解析符碼的方法與前面幾章所述是相同的。不同社會的婚姻體系被看作是一個根本的普同邏輯結構之項類的變換。不過，李維史陀並不認爲婚姻(卽男人之間的婦女交換)只是許多交換體系之中的一種，他認爲婚姻乃是根本的交換體系：因爲在婦女交換的場合，交換所象徵的關係也是由交換物所構成者，也就是說關係以及關係的象徵物是同一的，因此婚姻中的婦女交換必定是所有交換形式中的最根本者。這種交換一定(在演化程序上)先於物品交換，在後一種交換裡，符號以及符號所表示的關係是不同的。

與前述關於舅權的論點一樣，李維史陀在『親屬的基本結構』(一九四九)裡關於婚姻規則的討論，也犯了相同的毛病：卽他誤信大多數原始社會具有單系繼嗣體系。現在他已經明白這是一項錯誤；這本書初版一三五—六頁和一九六七年修訂版一二三—四頁兩處所說的話有耐人尋味的不同。他在修訂版弱弱地歸結說：

「不過，既然這本書只限於考察基本結構，我們覺得有理由把關於非細分化親嗣關係的例子暫置一旁」（！）

同時，我們愈來愈難於瞭解李維史陀所說的「基本結構」到底是指什麼。讀者必須注意，我們通常認爲「極端原始的」社會（例如剛果的 Pygmies 和喀拉哈利沙漠的Bushmen）都沒有單系繼嗣體系。

無論如何，我還是試圖說明李維史陀的論點。首先讓我們檢視由圖六（上文一二八頁）繁衍而來的圖八。在圖八裡，兩個單系繼嗣羣各以三世代的同胞來代表：一方爲A_1、A_2、A_3，另一方爲B_1、B_2、B_3。假定A_1和B_1因婚姻而聯結。這項聯結關係的成立或者因A_1男子娶B_1女子或B_1男子娶A_1女子，或者兩種婚姻都發生。用人類學術語來說，B_2同胞便因而是A_2同胞的類分第一交表親，B_3同胞是A_3同胞的類分第二交表親⑱。A、B兩個羣體一旦建立聯姻關係之後，可以再藉婚姻來持續關係：李維史陀首先考察的就是具有這種功能的各種假想婚姻法則。譬如，若A、B的交換關係是直接相互的，即兩羣體的男子一直交換姐妹爲妻，那麼這就等於是一種優先的婚姻法則：婚姻的優先對象是母之兄弟之女或父之姐妹之女。但如果婚姻法則規定第二交表親互換姐妹爲妻，例如一個男子的結婚對象爲其母之母之兄弟之女之女，或其母之父之姐妹之女之女，那麼結果所造成的將是另一種政治結構。

從這一論點衍申，李維史陀認爲上述這種極簡單的社會組織可以區分爲「調和的」與「不調和的」兩類。他認爲繼嗣法則只有兩種類型：父系和母系；居住法則也只有兩種類型：夫方居住和妻方居住。在人類學的專門術語裡，夫方居住法則表示婚後妻子必須遷往丈夫的居住處所，妻方居住法則表示丈夫必須遷往妻子的居住處所。父系繼嗣兼夫方居住法則或母系繼嗣兼妻

圖 八

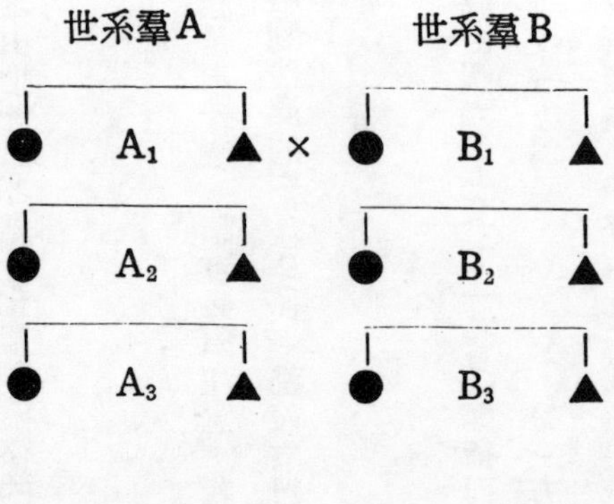

方居住法則的體系是調和的；父系繼嗣兼妻方居住法則或母系繼嗣兼夫方居住法則的體系則是不調和的。

這些都是高度理論性的議論。如果我們援引證據時稍微鬆懈，這套議論的某些部分倒可用澳洲土著的民族誌材料來印證。問題是澳洲土著絕非世界上所有原始社會的典型代表，而李維史陀認爲所有最原始的人類社會都會依照澳洲土著社會的結構模型而運作這個假設，也沒有充分的根據。相反的，我們頗有理由相信事實並非如此。

不過，這套論點到底也有可取之處。李維史陀從邏輯的論點認爲調和的結構是不穩定的，而不調和的結構是穩定的，因此前一類體系有發展成後一類體系的傾向，相反的發展則較不可能。或者換另一種方式來說：從「限定交換」的調和體系，可以發展出「一般交換」的調和體系。這些用語必須在此加以說明。

李維史陀把所有類型的直接相互性姐妹交換都歸入**限定交換**（*échange restreint*）這個主要範疇，而與另一個主要範疇**一般交換**（*échange généralisé*）區分開。他認爲：在限定交換裡，一個男人只有在確信能換回一個妻子時才會交出一個姐妹；而在一般交換裡，他把姐妹送給一個羣體，却只能期望從另一個羣體得到妻子。在後一種場合，政治的聯結雖然擴大了——如果行限定交換只能有一方面的姻兄弟，而行一般交換則有兩方面的姻兄弟——但所冒的險却較大。這種不均衡的安排就相當於一類交表親可婚而另一類交表親不可婚的婚姻法則。例如：

一、母之兄弟之女　可婚 ⎫
　　父之姐妹之女　禁婚 ⎭「母方交表婚制」

或

二、父之姐妹之女　可婚 ⎫
　　母之兄弟之女　禁婚 ⎭「父方交表婚制」

上面第二種婚制的例子雖然相當吸引李維史陀的注意，而且也在人類學界激起熱烈的爭論，但它與以相互性姐妹交換爲基礎的規制具有同樣的實際結果，因此並不是學者主要關心的對象。第一類型的婚制（「母方交表婚制」）則遠比第二類平常，雖然李維史陀絕不是第一個把它們提出來認眞討論的學者，他却做了一些確實具有實際重要性的理論考察。

母方交表婚制如果嚴格執行，其結果會使妻子給予者和妻子接受者之間具有持續性的姻戚關係結合，而形成一系列的世系羣（圖九）。這個圖形似乎包含了一個難題：

Z羣體的男子從何處獲得妻子？X羣體的男子的姐妹到何處找丈夫？

李維史陀對這個難題有長篇的討論。如果要在此簡述他的論點，必然會造成荒謬的誤解；至於其他學者的相反論點，更無法在此提及了。不過，這個問題的關鍵大致是這樣的：在某種意味上，圖九所示的體系在實際運作時必定是循環的。若非X羣體直接把他們的姐妹給予Z羣體，就是在這項給予的過程中還經由一些相同羣體的媒介。無論在哪一種情況下，Z羣男子娶爲妻的女子是相當於X羣男子所嫁出的姐妹。

李維史陀知道這種「循環婚姻」體系若要維持一段時期，其困難必然相當大。他認爲事實上的婚姻循環一定會

圖九

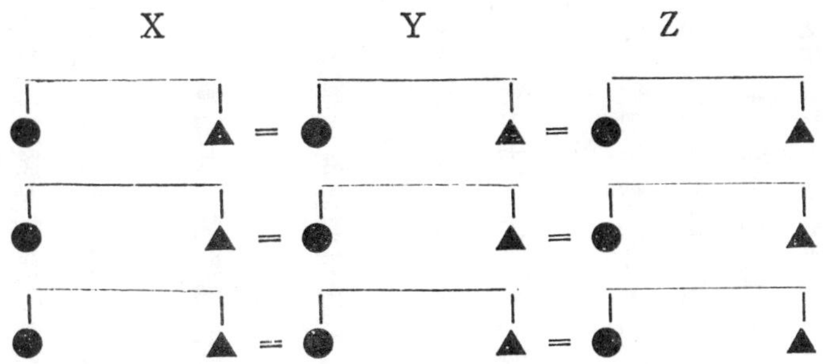

解體成社會階層，相互通婚的世系羣具有不同的地位。結果所形成的婚姻體系將是越級婚姻形式〔譯按：卽身份較低的女子嫁給身份較高的男子〕，社會地位低的羣體把女人作爲貢物送予地位高的羣體。

從這個脆弱的基礎出發，李維史陀把一般交換發展成一個原則，用來解釋平等的原始社會如何演化成階級及階層社會。

李維史陀的理論在這樣簡略的敍述下，聽來覺得有點荒謬；縱使這套理論在完整的形式下，仍然會遭受各種最致命的批評。奇妙的是，雖然經驗事實常常與李維史陀的論點背道而馳，但其理論的某些部份却和某些事實有不可思議的呼應！譬如，在越級婚姻形式的階級制度發展得最爲極端的體系裡，都伴隨有妝奩的慣俗，沒有聘金的慣俗；但在大多數實行母方交表婚制的體系裡，妻子給予者的地位却比妻子接受者爲高⑲。

李維史陀本人似乎有這樣的論點：只要有任何民族誌的實據與他的一般理論相吻合，那麼在基本要點上他的理論就已證明是正確的了。但是，就是他最忠實的追隨者也無法接受這種主張。

李維史陀在別的地方（C. C. :127）聲稱：他的方法已把人類社會的無數型態和次型態還元爲「一些基本和有意義的原則」，因此證明了其方法的優越性。但他沒有指出：大多數人類社會並沒有被他的基本和有意義的原則所涵蓋！而且，其論點的最根基處似乎有一個主要的謬誤。依照李維史陀所說，我們必須把——

「婚姻法則和親屬體系（看作）一種語言。也就是說，婚姻法則和親屬體系是用來使個人以及團體之間達成某種訊息傳遞的一組運作。雖然這裡的『訊息』是由在氏族、世系羣或家族間流通的羣體的女人所構成（而不像在語言本身的場合，那時的訊息是由在個人之間流通的羣體的言詞所構成），這一點並不能改變一項事實：即我們在兩個場合裡所考察的現象乃是同一的。」（A. S., 1958:69. 並參閱 S. A. :61 在後一個地方讀者可以找到不同而比較不直接的翻譯。）

當然，事實上並沒有這種同一性。如果我把一件物品給予某人，我自己就不再擁有這件物品。也許我會獲得其他東西作爲交換，也許我對原來的物品還保持有一些殘餘的權利——但原先的權利已受了減損。在另一方面，如果我說出一些話，把一項訊息傳遞給別人，這時候我並未使自己喪失任何東西。我與聽到我話的人分享了一項訊息；之後，我還可重複此項運作，而與另一人分享此訊息。

這兩個指涉架構之間確實具有某種類似性。一個互婚的世系羣集合體在某種意味上構成了一個「親屬社羣」，而這在某種程度上可以與由互通語言之個人集合體所構成的「語言社羣」做類比。但是，就如李維史陀本人在另一個地方所指出的，**共有性**（mutuality）——即共有資源的分享——與**相互性**（reciprocity）——即相異但相當的資源之交換——這兩個概念在重要的層面上是完全對立的（S. A.:49）。

不過，無論李維史陀對特定事例的解釋是否圓滿，讀者必須明白李維史陀在分析婚姻聯結時所用的全般方法，是與前幾章所述他在分析神話、圖騰制度、烹飪範疇時的方法一樣的。他把婚姻法則中以某一範疇的表親爲結婚優先對象看作是一組邏輯的可能性，在這組可能性中選擇出特定的一種而嚴格執行，其結果將在全體社會裡形成不同的社會聯結模式。這些不同的親屬體系重合在一起來看，就構成一組項類（依照上文五六頁的意味），而在兩方面表現出來：（一）親屬稱謂、（二）婚姻及交換的制度。從這整個項類，我們可以找到有關人類心靈之內在化邏輯結構的線索。

這一套論點是有系統的：我們首先考察具有兩個互婚羣體的社會，然後依次考察具有四個、八個、以及一系列具有更複雜不均衡型態互婚羣體的社會。這套論述說得極爲漂亮，就是最不信服的專門學者也難於準確指出其偏誤之處。依我的看法，其最終的成果大體上是謬論——不過研究謬誤也是可以獲益的。

第七章　「抑止時間的機械」

讓我們回到最初的問題，試圖把整套議論串連在一起。李維史陀追求的目標，是要建立對「**人類心靈**」（*l'esprit humain*）是普遍地眞的事實。**普遍地眞的**也必然是**自然的**。但這却是一個矛盾點，因爲李維史陀的基本論點是認爲人性動物與其他動物的區別在於**文化**與**自然**之分，也就是說，人的人性在於其**非自然性**。我們在李維史陀的著作裡會一再的碰到這一點。問題並不單是：「從什麽地方可以把**文化**（人性的一項屬性）和**自然**（人的一項屬性）**區分**開來？」我們還要問：「在什麽地方人類的**文化**和人性的**自然不能區分**開來？」

李維史陀接受了佛洛伊德的觀念，認爲我們可以把人看作具有**意識**和**無意識**兩個層面。他們兩人同樣認爲無意識的**本能**是自然的，而意識的**自我**是文化的。當李維史陀想要掌握住「人類心靈」時，他所要掌握的也就是無意識的結構面。但他的研究方法是經由語言學，而不是心理學。李維史陀所用的語言學模型現在大多已經過時；當前的結構語言學理論家已經認識到：人類具有賦予話語複雜意義的能力，這項能力的背後必須具有深層的模式形成及模式認知的程序，人類的認知機構是如此複雜，而杰科卜生和李維史陀理論所依據的二元運算電腦模型，却太簡單了。杰科卜生限定了人類語言所共有的二元辨別成分，他所建構的圖式（見上文三四頁以下）雖然不必然是錯的，但却一定是不充分的。在語言的研究上，終極的目標並不只在於發現幼兒如何學習從聲音的對比上區別意義，而是要探究他們如何習得衍生規律，因而一開始就能發生具有意義的聲音模式，以及這些衍生規律是什麼。相較之下，李維史陀所搞的那些明明白白的文化資料是非常皮毛的。雖然我們之中許多人會同意他所揭示的結構是無意識心思程序的表徵，但當他堅持把這個無意識看作所有人類的一項屬性，而不只是特定個人或文化羣體的屬性，這時候我個人就不能表示贊同了⑳。不過，就像西蒙尼（Yvan Simonis）所說，雖然李維史陀當初想要揭示人類心靈的結構，到最後他却變成在告訴我們審美知覺的結構。

我們可以回想，他的出發點是認爲人類之爲人類最重要的一點在於擁有語言。在一個層次上，這使得人能够傳遞訊息以及建立社會關係；在另一個層次上，這是我們所謂「思考」的神秘過程中的一項基本要素——因爲我們必須先把我們的環境區分爲幾個範疇，用符號（「語言的元素」、「語詞」）來代表這些範疇，然後我們才能「思考」這些範疇。

藉語言符號（以及其他種類的符號）所進行的「思考」程序，必然使進行思考的個人與他所思考的環境之間產生一種極爲複雜的相互作用。譬如說，在我們的〔西歐〕文化裡，幾乎任何知性活動都含有一個基本的部分，卽思考者必須能够把「他頭腦裡的」言詞和數目外在化，將之寫在紙上（或者把「他所思考的東西」畫成圖形和模型）。由此看來，「思考」運作就是操作單純化的觀念模型——這些觀念模型最初是一些語詞，而後者是象徵外在於思考者之環境裡的「事件」和「事物」。最近，大約不到十年前，我們更把這種外在化的程序推進了一步。我們「單純化的模型」造成電腦程式的形式之後，我們現在已能够設計出這樣的機器：無需對思考者的頭腦輸送任何直接的反饋，而能自動進行大量操作的機器。

這一步使我們超離了一般的口說語言以及一般的書寫符號；此後我們所使用的符號是「外在的」、是環境的一部分，我們似乎能够使這種符號自己進行邏輯遊戲，而無需意識的人類干預。邁出這一步之後，我們彷彿繞完了一個圈子，又回到最初的地點。在原始人擁有文字之前、甚或在他們的口說語言發展到可以用來作爲一種精確的邏輯工具之前，他們已經在使用「外在的」事物作爲思考的工具。這就是李維史陀關於圖騰種屬範疇和食物調理範疇之議論的要點——這些範疇所指涉的是人類環境裡「外在的」事物，它們不但是適於吃的東西，也是適於想的東西。

但是，正如「外在的」人類思想單純化模型可以具有許多不同的形式——譬如這本書裡所印的東西跟電腦磁帶的長度或者跟唱片上的紋路是用極不同的方式在傳遞訊息——因此，內在於個人頭腦裡的人類思想也可以具有不同的形式。當我們檢驗自己的言語時，我們是藉着有模式的聲音在進行思考，但在別的方式裡，我們也可以把聲音模式當作「適於想的東西」。

完全隨便混合起來的聲音只是雜音，它完全不能告訴我們什麼。但任何具有模式的聲音都會傳遞着某種訊息。因此我們可以辨別狗吠聲、貓頭鷹尖叫聲、過路摩托車的吵聲。這幾種聲音都具有模式，雖然其模式的組成方式與口說語言有所不同。它不是我們自己意識的心思過程所造成的聲音。此外還有另一類具有模式的聲音，我們稱之爲音樂，它既不是言語——在任何單純的意味下都不是——也不是傳遞有關外在世界之訊息的聲音。對李維史陀而言，音樂可以說是一個試例。音樂是人類所創，而非源自動物；它是文化的一部分，而非屬於自然。我們說口說語言是一種交換體系，但在這種意味下音樂並不是交換體系的一部分；我們可以把一個親屬體系或一組神話的「意義」化約成一個模型或圖型，但我們不能用此方法化約音樂的「意義」：

「音樂是一種語言，我們藉着它把訊息複雜化；這些訊息能够被許多人所瞭解，但却只有少數人能够傳送；在所有語言中只有音樂能够把既可理解却又無法翻譯的矛盾性質統合起來——這些事實使音樂的創作者像神祇一般，又使音樂本身成為人類知識的最高神秘。種種知識都臣服於音樂，後者掌握了前者的發展之鑰。」（C.C.:26）

但神話和音樂（以及做夢）具有一些共同的要素；李維史陀說：它們是「抑止時間的機械」（C.C.:24）。一首交響曲的最末樂章已經在樂曲的開頭裡被決定了，正如一則神話的結局早已暗含在起首的地方。樂譜裡的重複和主題變奏使聽者產生反應，而這些反應則要看聽者生理上的節奏而定。同樣的（李維史陀這麼說），神話的重複和主題變奏也對人腦的生理性質產生作用，而引起情緒的或純粹知性的效果。再者，一個聽者聽到一則神話或一首樂曲時所產生的瞭解，在很多方面來說是個人的——在此是由**接收者**決定訊息的內容。在這一點上，神話和音樂是口說語言的相反。在語言的場合，是由**傳送者**決定訊息的內容。神話和音樂的結構分析可使我們瞭解人類心靈的無意識結構，因為神話和音樂這些特殊的文化（非自然的）活動所引起反應的，正是人腦的這一無意識（自然的）層面：

「因此，神話和音樂就像是交響樂隊的指揮，而聽者就是沉默的演奏者。」（C.C.: 25–6）

這種說法使人回想起梵樂希的一句話，他說：詩人應該「從音樂取回他們應得的遺產」（Valéry, 1958: 42）。

『神話邏輯』這部龐大著作的目的，是想要揭示引起這些情緒反應的邏輯運作和潛藏的曖昧性。其命題是：當我們眞正採掘到問題的核心時，邏輯結構和情緒反應的相互依存性是到處都大體相同的——因爲人的**自然**本質是到處都一樣的。

當然，李維史陀必然在某一方面是正確的，但他這種大幅度的化約似乎自斷了其路。在心理分析學剛興起的時候，正統佛洛伊德學派把伊底帕斯情意結的普遍性奉爲敎條。這種成爲敎條的伊底帕斯情意結就因而喪失了任何分析的價值；不管多麼相反的證據，全都被硬納入預定的模子裡。李維史陀的學說也似乎有同樣的毛病。他認爲他所發現的就是人類思考之無意識過程的普遍特徵，他把這一點奉爲敎條，這種傾向在他的著作中越來越明顯。最初，這還只不過是其二元對立及中介項概念（其實這和黑格爾的正、反、合三元論法並無二致）之原始圖式的概推化而已，但到後來，這整套體系却似乎演變成了一套自圓自足的預言。而這個預言是無法檢證的，因為依照定義，我們無法對它提出反證。譬如說，『神話邏輯』第三卷裡一條註脚，引述著名的哥倫比亞民族學家多馬托夫（G. Reichel Dolmatoff）寫給李維史陀的信。其內容提到有一則喬可（Choco）印弟安族的神話用天然蜂蜜作為人類精液的隱喻。李維史陀在『神話邏輯』第二卷的豐富材料裡辛苦歸結出的「蜂蜜哲學」是「從這一自然產物與經血之間的類比得到啓發」，因此我們大概會預料李維史陀會為這一點而感到不安了，事實上却不然：

「我們已經證明從委內瑞拉到巴拉圭的廣濶地域裡都可以找到同樣的體系，〔喬可神話裡所發現的〕這一顯著的倒逆並不與我們的解釋相矛盾，它反而使我們的解釋多了一個補足的次元……」（O. M. :340n.）

但如果每個反例都可以用「補足的次元」來處理，那麼主要的理論就永遠無法拿來做批判性的驗證了。

依我的看法，李維史陀眞正具有價值的貢獻不在於二元對立及其排列組合的形式論研究，而是在於他在分析過程中所引進的眞正詩的關聯：在李維史陀手中，複雜現象不會變得混亂，而是變爲鮮明。

在這本小書裡，我無法向讀者顯示複雜現象變爲鮮明的過程。有興趣進一步探究我的觀感是否正確的讀者，可以查閱『野性的思考』四八—五三頁。在這一節文章裡，李維史陀對希達查（Hidatsa）印弟安人有關捕鷹技術的神話和儀式做了簡短的分析。我在此只能引用其中的一段。李維史陀在解釋爲什麼我們可以確信神話裡最先教導希達查人捕鷹的動物應該是狼貛——而並非如其他報導所說的是一隻熊。這些印弟安人——

「躲在穴中捕鷹。他們在穴上放餌引誘鷹，鷹飛到穴上吃餌時，捕獵者就空手將之捉住。這種捕鷹方法裡含有一個矛盾點。在此，人本身是陷穽；但要扮演這個角色，人必須進入穴中，也就是說，他的位置和被陷在穽中的動物是一樣的。他既是捕獵者，同時也是被捕者。動物之中只有狼貛知道如何處理這種矛盾的情境：這種動物非但毫不懼怕用來捕捉牠們的陷穽，牠們還會和設置陷穽者競爭，把陷穽裡的獲物偷走，甚至把陷穽也偷走。因此我們可以說……希達查族裡捕鷹的儀式重要性至少有一部分是歸因於穽穴的使用。在這套捕鷹方法裡，捕獵者佔在**低的**位置（不但如我們所見實際上是低的，就比喻的意味而言也是低的），他要捕捉的獵物不但在客觀的觀點上（鷹在高空飛翔），從神話的觀點來看（鷹是神話中地位最高的鳥），都是居於**最高的**位置：這一點恐怕多少是捕鷹之儀式重要性的由來。」（S. M. :50–1）

這一套希達查印弟安人的思考方式，是否眞的與我們的思考方式相差極遠？我們能够肯定嗎？譬如說，我們可注意到希達查族的這組三項對立關係：

天空：大地：地下：：鷹：餌：人—狼獾

這和我在本書開頭關於交通訊號顏色的議論（二八頁）不是具有完全相同的「結構」嗎！就整體來看，李維史陀的分析顯示了這一點：在希達查族的思考裡，像狩獵和農業這種實際的經濟事務，也和他們對宇宙觀、神聖物、食物、女人、生死的態度糾結在一起。這和我們目前的思考方式截然相反。我們認爲必須要把事實和價値全然分開，才能够稱爲理性的科學家。我們的思考方式是產生於和**自然**割離了的**文化**；希達查人的思考方式，則是和**自然**融合在一起的**文化**的產物。

但是，如果我們認定在我們的社會中，實驗室裡沒有詩人的容身之處，那麼我們必須認清：我們這般重視客觀的理性，不但有收穫，也有損失。詩的經驗有其本身的（美感的）報償。希達查人對這些事件的思考方式，可以在古代世界裡找到呼應。尤里西斯在冥界看到死去的英雄，和他們交談；他所前往的這個冥界，不會比溝壕深。賽蕾絲（Ceres 譯按：古羅馬神話裡的農穫女神）每年被布魯托（Pluto 譯按：古羅馬神話裡的冥府之王）擄往冥府；這個冥府只有犂溝那麼深。同樣的，古代希臘羅馬人的天空也不會比小山丘高。維科（Vico）在十八世紀早期論及這一點時，他的態度並不是輕蔑，而是滿懷讚賞。只有十九世紀晚期物質主義的狂傲，才把原始思考的詩情貶到幼稚迷信的地位。

如果維科的「詩的宇宙誌」（Vico:218）是「人類心靈」的一項自然屬性——我想李維史陀會這麼說的，那麼它一定還存在我們自己的集體無意識的潛藏結構裡。也許在太空火箭和氫彈的時代裡，我們也並未完全失却了樂園。

註

① 若據 Piaget 在 *Le Structuralisme*（1968）一書中所下的定義，則沙特似乎比李維史陀更是眞正的「結構主義者」了！

② James Boon 在所著 *From Symbolism to Structuralism*（1972）中對此點有長篇的論述。

③ 關於進一步的討論，參閱 *Esprit* 雜誌一九六三年十一月號的專集「野性的思考與結構主義」，尤其是其中希戈爾和李維史陀兩人的論文。

④ 物理學家務請寬容我對顏色與熱幅射關係所作的過時的描述。關於顏色差異的實質描述是極度專門性的，不過像翠綠、鉻黃、鎘紅這三個標準美術色彩，其波長分別爲五一二、五八一、六○○微米，它們的光度則爲二、三、一之比率。把溫度計放在由白色光源所形成之光譜的不同部位，則可量出紅外溫度最高，紫外溫度最低。

⑤ 根據許多語言學專家的見解，瓊士基『語法結構』的出版(Noam Chomsky: *Syntactic Structures*, 1957）對語言學的影響，可以和愛因斯坦早期相對論論文對物理學的影

響相比。也有學者批評李維史陀，認爲他所依據的杰科卜生學派語言學模型已經不能應用。我們必須從另一方面提出兩點說明。第一，縱使瓊士基的研究比杰科卜生的理論進步，這也並不否定了後者的眞正價值。第二，瓊士基的語言學——總稱爲衍生與變換律語法——與李維史陀在神話分析中獨自發展出來的衍生及變換規則具有許多相似之處。但話又得說回來，「李維史陀偶而提及想用數學的方式來研究語言結構，我們必先考察那些具有無限衍生能力的規則之後，這種看法才有意義。」(Chomsky 1968:66)李維史陀只想證明：學者在田野所記錄下的種種文化型態，相互間具有變型關係(參見註⑬)。瓊士基却在解決更爲根本的問題：他想要發現能夠區分何種變型有意義，何種變型無意義的語法規則。譬如爲什麼我們可以說「貓坐在蓆子上」，但不可以說「蓆子坐在貓上」？

⑥ 關於 *eidos* 這個字在這裡的用法，參閱 Bateson（1936:220）。依照貝特生的說法，*eidos* 是指「個人人格之認知層面的標準化」。

⑦ 數位評者指出我在此有所誤譯；但事實上我曾引用李維史陀自己的話，以避免此項譴責。「就字面意思而言」，*bonnes à penser* 意爲"good to think"，*bonnes à manger* 意爲"good to eat"。但是"good to think"並非正規英文，而原來法文中的複數型形容

詞則無法譯成英文。在我看來，李維史陀在此也和向來一樣，是在玩弄著文字遊戲。圖騰種屬乃是物的範疇，根據它們所傳達的意義，確是視之爲"goods"（東西）較妥。

⑧ T. T.（1955）:448.「在我們與無之間沒有任何空間。」（"il n'a pas de place entre un *nous* et un *rien.*"）

⑨ 讀者應該知道，在沙特的戲劇『關上的門』（*Huis Clos*或譯『禁止旁聽』）中，有一位劇中人主張相反的看法：「別人是該死的畜生。」（這是Garcin在劇末所說的話。）

⑩ 不過，我們似應强調，李維史陀並不像 Piaget 那樣，從個體遺傳或種族遺傳的觀點來推測範疇體系的形成。李維史陀縱使利用這種辯論方式，也只是爲了解釋一項奇怪的事實：卽他能在差別極大的文化系絡中發現非常相似的「結構」。

⑪ 李維史陀及其親密信徒一再指出：所有英美方面的批評者——包括我本人——都是粗俗的經驗主義者。在此，「經驗主義」似乎是指認爲眞理必須藉可觀察之事實加以證實的主張。它與「理性主義」正相反，後者認爲應經由理智運作而達到更深層次的眞理。

⑫ 見註⑦。

⑬ D'Arcy Thompson: *On Growth and Form*一書的最末章，頗可幫助我們瞭解李維史

陀的結構主義。在這本書的一九四二年版，此爲十七章「變型理論——或相關型態之比較」（pp. 1026-1095）。

⑭ 我在此所述關於亂倫的看法顯然太過於「經驗主義」了。對李維史陀而言，「外婚／亂倫」之分別的重要性，乃在土著可藉此而建立社會性「秩序／混亂」之二分。『神話邏輯』第一卷的關鍵神話（編號 M. 1）（C. C. :43f），以及『神話邏輯』第四卷的關鍵神話（編號 M. 529/30）（H. N. :25f ;564），都明顯的「逑及」亂倫，也都明顯的「逑及」獵捕鳥巢。獵捕鳥巢這項活動使神話人物懸於現實世界與另一世界之間的空虛境地，使他退化到嬰兒狀況，也表示他吃的是生的食物。這兩則神話的大多數細節雖然迥異，李維史陀却聲稱它們是同一而倒逆的。在M. 1這則神話裡，一位赤裸的少年與母親發生亂倫關係，然後獲得衣物，最後經過一番冒險之後殺死父親。在M. 529/30 這則神話裡，一位衣飾華麗的成年人被父親剝掉衣服，後者更與前者的一位妻子發生亂倫關係。經過一番冒險之後，兒子又在反常的情況下重新降生爲嬰孩。最後，父親也是被兒子毀滅掉。李維史陀從事廣泛的分析後，指出這些神話的主旨是關於社會的起源——因爲它們也涉及了時間的起源、秩序的起源、文化的起源。在李維史陀看來，神話之中最

常出現的「對立」，厥為秩序與混亂的對立；但這組對立可藉無數種經驗事實的變換組合而表達出來。為了闡明這一點，他在『神話邏輯』第一卷的末尾（C.C.:318;R.C.:312），引述了一系列神話，指出它們「從喧吵到日月蝕、從日月蝕到亂倫、從亂倫到狂亂、從狂亂到鳥羽顏色」的主題變換。我在下面所要提出的神話主題變換，則是較平凡的例子。

⑮ 在這一則及下面的故事裡，我所用的人名拼寫形式是依照 Rose（1959)索引裡的英語化希臘文（而不是拉丁文）。在本書的八九—一〇〇頁可以找到底比斯神話特色的節要。

⑯ 比較下面這兩段引文：

a「神話的目的是提供一個能夠解消矛盾的邏輯模型（如果矛盾是眞實的，則其解消是不可能做到的事）。」（S.A.:229）

b「如果兩組矛盾關係各自的矛盾方式是相似的，則這兩組矛盾關係便是同一的。確認了這一點之後，兩種關係無法連結的困難便可克服了（或者應該說是被替代了）。」（S.A.:216）

⑰ 參考李維史陀自己的公式（七九頁）。在我擴大的分析裡，我的公式是這樣的：

亂倫：弒兄弟—弒父：：謀殺可能成爲自己岳父的人：外婚制：：「從一而生」：「從二而生」：：沒有繼承制的社會（奥廸修斯）：有繼承制的社會（伊底帕斯）

我們可以從荷馬的『奥廸賽』品嚐到這種靜態的意味。如果再進一步考察荷馬以後的作者所加的故事，更可證實這一點。這些後加的故事把幾個角色分裂，試圖解決難題：

特拉馬佐斯是奥廸修斯和潘妮羅蓓的兒子，他的同父異母兄弟特拉戈諾斯是奥廸修斯和姬兒珂所生。特拉戈諾斯失手殺死奥廸修斯，然後與潘妮羅蓓結婚。特拉馬佐斯與姬兒珂結婚。

⑱ 交表親是「母之兄弟之兒女」或「父之姊妹之兒女」這種類型的表親；平表親是「母之姊妹之兒女」或「父之兄弟之兒女」這種類型的表親。

⑲ 在『親屬的基本結構』一九六七年法文修訂本和一九六九年英譯本裡，李維史陀企圖掩飾他曾犯過這項民族誌謬誤的事實，但其結果只是使得他的說辭前後矛盾。參見 Leach

（1969）。

⑳ 見註⑤，並參見三一頁。

引用文獻

李維史陀著作（譯按：一九七三年以後著作爲譯者所加）

年份	簡稱	題目
1936		"Contribution à l'etude de l'organisation sociale des Indiens Bororo", *Journal de la Société des Américanistes* XXVIII fasc 2
1945		"L'analyse structurale en linguistique et en anthropologie", *Word* (Journal of the Linguistic Circle of New York Vol. 1 No. 2)〔English version in S. A. Chapter 2.〕

1948		*La vie familiale et sociale des Indiens Nambikwara.* Paris
1949	S. E. P.	*Les Structures élémentaires de la parenté.* Pairs 〔Revised edition 1967; English version of revised edition London, 1969.〕
1952		*Race et Histoire.* Paris
1955	T. T.	*Tristes Tropiques.* Pairs
	W. W.	〔English version omitting several chapters, *World on the Wane,* London 1961.〕
1955	S. S. M.	"The Structural Study of Myth", *Journal of American Folklore* Vol. 68 No. 270 〔Modified version in S. A. Chapter XI.〕
1958	A. S.	*Anthropologie structurale.* Paris
	S. A.	〔English version *Structural Anthropology,* New York 1963, London 1968.〕

1960 G.A. "La Geste d'Asdiwal", *Annuaire de l'E.P.H.E.* (Sciences Religieuses) 1958-59, Paris
〔English version in E. R. Leach (Editor) *The structural Study of Myth and Totemism*, London 1967, pp. 1-48.〕

1960 V.P. "La Structure et la forme. Reflexions sur un ouvrage de Vladimir Propp"
Cahiers de l'Institut des Sciences économiques appliquées. Paris

1962 T. *Le Totémisme aujourd'hui.* Paris
〔English version *Totemism*, London 1964.〕

1962 S.M. *La Pensée Sauvage.* Paris
〔English version *The Savage Mind*, 1966.〕

1963 R. "Reponses à quelques questions", *Esprit* (Paris) Novembre 1963, pp. 628-653

1964	C. C.	*Mythologiques I: Le cru et le cuit.* Paris
	F. Y. S.	〔English version of Introduction (Overture) only in Y. F. S. (below) pp. 41-65.〕
	R. C.	〔English version of full text *The Raw and the Cooked*, London, 1970.〕
1965	T. C.	"Le Triangle culinaire", *L'Arc* (Aix-en-Provenee) No. 26, pp. 19-29 〔English version in *New Society* (London) 22 December 1966, pp. 937-40.〕
1965	F. K. S.	"The Future of Kinship Studies", The Huxley Memorial Lecture, *Proceedings of the Royal Anthropological Institute*
1966	M. C.	*Mythologiques II: Du miel aux cendres.* Paris 〔English version *From Honey to Ashes*, London, 1972.〕
1968	O. M.	*Mythologiques III: L'origine des manières de table.* Paris 〔English version *The Origin of Table Manners, London*, 1979.〕

1970 P.C. **Personal communication to the author**
1972 H.N. ***Mythologiques IV: L'Homme nu.*** **Paris**
〔English version *The Naked Man, London,* 1981.〕
1973 *Anthropologie structurale,* II. Paris.
〔*English version Structural Anthropology,* Vol, II, London 1978.〕
1975 *La Voie des masques.* Paris,
〔English version *The Way of the Masks,* Seattle 1982.〕
1978 *Myth and Meaning.* Toronto.
1983 *Le Regard eloigné.* Paris.
〔English version *The View from Afar,* London 1985.〕
1984 *Paroles données,* Paris.

其他作者著作

Bateson, G., 1936 *Naven*, Cambridge

Barthes, R., 1967 *Elements of Semiology* (Cape Editions, London)

Boon, J.A., 1972 *From Symbolism to Structuralism*, Oxford

Chomsky, N., 1957 *Syntactic Structures*, The Hague

Chomsky, N., 1964 *Current Issues in Linguistic Theory*, The Hague

Chomsky, N., 1968 *Language and Mind*, New York

Davy C., 1965 *Words in the Mind*, London

Empson, W., 1931 *The Seven Types of Ambiguity*, Cambridge

Ehrmann, J., 1966, 1970 See Y.F.S. below

Fox, R., 1967 *Kinship and Marriage*, London
〔中譯「親屬與婚姻」，石磊譯，台北，黎明，一九七九〕

Frazer, J. G., 1922 *The Golden Bough* (Abridged Edition), London

Goldenweiser, A., 1910 "Totemism, an Analytical Study", *Journal of American Folklore*, Vol. 23

Goody J., 1959 "The Mother's Brother and the Sister's Son in West Africa", *J.R. Anthrop. Inst.* 89: 61–88

Hultkrantz, A., 1957 *The North American Indian Orpheus Tradition*, Stockholm

Jakobson, R., & Halle, M., 1956 *Fundamentals of Language*, The Hague

Lane, M., (Editor), 1970 *Structuralism; a Reader*, London

Leach, E., 1969 "'Kachin' and 'Haka Chin': a rejoinder to Lévi-Strauss", *Man* (N.S.) 4:277–285

Lowie, R., 1920 *Primitive Society*, New York

Maranda, P., and E. K., *Structural Analysis of Oral Tradition*, Philadelphia

1971

Marc-Lipiansky, M., 1973 *Le Structuralisme de Lévi-Strauss*, Paris

Mauss, M., 1924 "Essai sur le don", L'Année sociologique, *Seconde series.* 1923-24
〔English version *The Gift* (1954), London. 中譯「禮物」，何翠萍・汪珍宜譯，台北，允晨，一九八四 〕

Morgan, L. P., 1871 *Systems of Consanguinity and Affinity of the Human Fanily*, Washington

Paz, O., 1970 *Claude Lévi-Strauss: an Introduction*, London

Piaget, J., 1971 *Structuralism*, London

Pouillon. J., 1965 "Sartre et Lévi-Strauss." *L'Arc* No. 26 Aix-en-Provence, pp. 55-60

Pouillon, J., and Maranda, P., (Editors) 1970 *Échanges et Communications* 2 Vols, The Hague

Radcliffe-Brown, A. R., 1929 — "The Sociological Theory of Totemism", reprinted as Chapter VI of Radcliffe-Brown (1952)

Radcliffe-Brown, A. R., 1951 — The Comparative Method in Social Anthropology, *J.R. Anthrop. Inst.* 81: 15-22

Radcliffe-Brown, A. R., 1952 — *Structure and Function in Primitive Society.* London

Ricoeur, P., 1963 — "Structure et herméneutique", *Esprit* (Paris), Novembre 1963, pp. 596-627

Robey, D., (Editor), 1973 — *Structuralism: an Introduction*, Oxford

〔Rose, H. J., 1959 — *A Handbook of Greek Mythology*, New York

Rousseau, J. J., 1783 — "Essai sur l'origine des langues". Geneva

Sartre, J. P., 1960 — *Critique de la Raison dialectique.* Paris

Saussure, F. de, 1959 — *Course in General Linguistics*, New York

〔中譯「普通語言學教程」，台北，弘文館，一九八五〕

Scheffler, H.W., 1966 "Structuralism in Anthropology" in YFS (below), pp. 66–88

Schniewind, J., 1953 "A reply to Bultmann" in H. W. Bartsch (Editor), *Kerygma and Myth*. London

Simonis, Y., 1968 *Claude Lévi-Strauss ou la "Passion de l'inceste": Introduction au structuralisme*. Paris

Steiner, G., 1967 *Language and Silence*. London

Thompson, D'A.N., 1942 *On Growth and Form*, Cambridge

Van Gennep, A., 1920 *L'Etat actuel du problème totémique*. Paris

Valéry, P., 1958 *Paul Valéry: the Art of Poetry* (*The Collected Works of Paul Valéry*, Vol. VII edited J. Mathews) New York, London

Vico, G., 1744 (1961) *The New Science of Giambattista Vico* 〔Anchor Books Edn. New York.〕

White, L., 1949 *The Science of Culture*. New York

Y.F.S., 1966 *Structuralism* (Edited Jacques Ehrmann) 〔Double issue of *Yale French Studies*, Nos. 36, 37, New Haven; also published by Anchor Books, New York, 1970〕

進修參考書

關於李維史陀本人著作及他人評論的最完整目錄，可在下列三處尋得：

㈠ Y. Simonis: *Claude Lévi-Strauss ou la Passion de l'inceste* (Aubier Montaigne: Paris, 1968), pp. 357–70.

㈡ M. Marc-Lipiansky: *Le Structuralisme de Lévi-Strauss* (Payot: Paris, 1973). pp. 326–339.

㈢ J. Pouillon and P. Maranda (ditors): *Echanges et Communications* 2 Vols (Mouton: The Hague, 1970), pp. xv–xxiii.

李維史陀的相當多著作有英文和法文兩種版本，有些時候英文版的出版時間比法文版還先。法文和英文兩種版本的差異常常很大。李維史陀用法文寫作的時候，喜歡玩弄文字遊戲，以及插入繁複的曖昧語句。這些文字遊戲使讀者的享受大爲增加，也顯然的是「訊息的一部分」。這些曖昧在英文譯本裡大多消失了，文句雖然變得比較明白，却傳達了較少的內容。閱讀法文沒有困難的讀者，我勸他讀法文版——縱使同一篇東西的英文版是出於李維史陀之手，也是讀法文版較好。李維史陀的主要著書中，只有 *La Vie familiale et sociale Indiens Nambikwara* (1948)還未翻成英文。*Mythologiques* 的第一卷和第二卷已譯成英文，標題分別爲*The Raw and the Cooked*（1970）及 *From Honey to Ashes*（1972）其他兩卷的英譯本將陸續完成出版。（譯按：已出版。）*Tristes Tropiques* (1955) 的英譯本題爲 *World on the Wane* (1961)，但是比法文原文少了四章。

Les Structures élémentaires de la parenté 的一九四九年初版沒有翻成英文；一九六九年出版的英譯本是根據這本書的一九六七年修訂版。標題爲 *The Elementary Structures of Kinship*，李維史陀特別在其中對某些據云誤解結構主義教條的英國社會人類學家提出反駁。對一般的英美讀者而言，閱讀李維史陀著作的最合理順序是從*Structural Anthropology* (1963)開始。這本書是李維史陀重要論文的選集，其中的兩篇：第二章 "Structural Analysis in Linguistics and in Anthropology" (1954) 及第十一章 "The Structural Study of Myth" (1955)我已經在本書中提及數次。上了路的讀者應該接下去讀 *Totemism* (1964) 及 *Savage*

Mind (1966)。這兩本書都很短，互相有密切的關係，應該同時閱讀。前一本書的 Pelican 平裝版還附有一篇 Roger Poole 特別撰寫的長序，值得注意。著了迷的讀者接下去應該把注意力轉向法國學者所寫的長篇評述，目前最好的是上面所提的Simonis 和 Marc-Lipiansky 的兩本著作。

現在已有數本關於結構主義的英文專論集，足見李維史陀對當代學術圈的諸般影響。下面幾本特別值得重視：

J. Ehrmann (Edior):*Structuralism* (Double Issue of *Yale French Studies* Nos. 36, 37, New Haven, 1966; also issued by Anchor Books, New York, 1970)

M. Lane (Editor) :*Structuralism: a Reader* (Cape: London, 1970)

P. and E. K. Maranda (Editors):*Structural Analysis of Oral Tradition* (University of Philadelphia Press: Philadelphia, 1971)

D. Robey (Editor) :*Structuralism: an Introduction* (Clarendon Press: Oxford, 1973)

李維史陀各本書出版後引出的評論專文不計其數，其中最引人注意的是刊登於*The Times*

Literary Supplement 的數篇（29. iv. 1965;2. ix. 1968;7. iv. 1972）。這三篇文章刊出時並未署作者名，可能是出於 George Steiner 之手，此人是李維史陀的密友（見 Steiner（1967）:pp. 267–79）。Octavio Paz:*Claude Lévi-Strauss: An Introduction*（Cape:London, 1970）是同書一九六七年西班牙文原著的英譯，此書曾得李維史陀本人的讚賞。李維史陀也曾對 James A. Boon: *From Symbolism to Structuralism: Lévi-Strauss in a Literary Tradition*（Cape:London, Blackwell: Oxford, 1971）一書表示讚許。此外，J. Piaget: *Structuralism*（Routledge: London, 1971）乃是同書一九六八年法文原著的英譯，這本書强調與李維史陀所持者極爲不同的各種結構主義，因此頗值一讀。

譯按：本書問世以來，又有多本有關李維史陀及結構主義的著作，茲擇要臚列於後供讀者參考：

C. R. Badcock: *Lévi-Strauss: Structuralism and Sociological Theory* (Holmes and Meier: New York, 1975)

Howard Gardner: *The Quest for Mind: Piaget, Lévi-Strauss, and the Structuralist Movement* (Knopf: New York, 1973)

Alan Jenkins: *The Social Theory of Claude Lévi-Strauss* (St. Martin's: New York, 1979)

Edith Kurzweil: *The Age of Structuralism: Lévi-Strauss to Foucault* (Columbia University Press: New York, 1980)

David Pace: *Claude Lévi-Strauss:The Bearer of Ashes* (Routledge: London, 1983)

Philip Pettit: *The Concept of Structuralism: A Critical Analysis* (University of California Press: Berkeley, 1975)

Ino Rossi (Editor): *The Unconscious in Culture: The Structuralism of Claude Lévi-Strauss in Perspective* (Dutton: New York, 1974)

Thomas Shalvey: *Claude Lévi-Strauss: Social Psychotherapy and the Collective Unconscious.* (University of Massachusetts Press: Amherst, 1979)

John Sturrock (Editor): *Structuralism and Since: From Lévi-Strauss to Derrida* (Oxford University Press: Oxford, 1979)

桂冠新知叢書65

李維史陀

作者——艾德蒙・李區
譯者——黃道琳
出版——桂冠圖書股份有限公司
發行人——賴阿勝
登記證——局版臺業字第1166號
地址——臺北市新生南路三段96-4號
電話——(02)219-3338
傳眞——(02)218-2859
郵撥帳號——0104579-2
印刷——海王印刷廠
裝訂——欣亞裝訂有限公司
初版——1994年1月
再版一刷——1994年10月
◉ 本書如有破損、裝訂錯誤,請寄回調換。

ISBN 957-551-663-X
定價一新臺幣200元